Mutual Promotion
Enterprise Management
and Changes of Conditions in China

共生共长

中国环境演变对企业管理的影响

陈小洪 肖庆文 黄嫚丽 李玉刚 编著

项目组织单位／国务院发展研究中心企业研究所

机械工业出版社
China Machine Press

本丛书是"中国式企业管理科学基础研究"项目的成果。该项目是国务院领导批示、财政部支持的项目，由国务院发展研究中心、中国企业联合会及清华大学于2005年联合发起，通过对中国式企业管理背景、成功企业案例、管理专题和理论等的研究，总结概括中国企业发展的基本模式和经验，并将中国模式概括到理论高度。

中国环境演变对企业管理的影响，是"中国式企业管理科学基础研究"的一个子课题，主要描述改革开放以来中国企业的发展环境及变化特征，分析环境变化与企业发展和管理变迁的相互影响。

图书在版编目（CIP）数据

共生共长：中国环境演变对企业管理的影响/陈小洪等编著.—北京：机械工业出版社，2011.6

（中国式企业管理研究丛书）

ISBN 978-7-111-34892-4

Ⅰ.共…　Ⅱ.陈…　Ⅲ.经济环境－影响－企业－管理－研究－中国 Ⅳ.F279.23

中国版本图书馆 CIP 数据核字（2011）第 100505 号

机械工业出版社（北京市西城区百万庄大街 22 号　邮政编码 100037）

责任编辑：张　昕　　　版式设计：刘永青

北京京师印务有限公司印刷

2011 年 6 月第 1 版第 1 次印刷

170mm×242mm·11.25 印张

标准书号：ISBN 978-7-111-34892-4

定价：29.00 元

凡购本书，如有缺页、倒页、脱页，由本社发行部调换

客服热线：（010）88379210；88361066

购书热线：（010）68326294；88379649；68995259

投稿热线：（010）88379007

读者信箱：hzjg@hzbook.com

"中国式企业管理科学基础研究" 项目

发起单位

国务院发展研究中心　　中国企业联合会　　清华大学

成员单位

中共中央组织部　　国家发展和改革委员会　　教育部
科学技术部　　工业和信息化部　　财政部　　人力资源和社会
保障部　　国务院国有资产监督管理委员会

顾　　问

王忠禹　　陈锦华　　袁宝华　　尤　权　　张彦宁　　吴敬琏

领导小组

组　　长：陈清泰
副组长：蒋黔贵　　赵纯均　　刘世锦　　陈兰通　　何建坤

中国式企业管理研究丛书
编 委 会

主　任

陈清泰（国务院发展研究中心原党组书记）

副主任

蒋黔贵（中国企业联合会执行副会长、原国家经贸委副主任）

赵纯均（清华大学学术委员会副主任、原清华大学经管学院院长）

执行主编

胡新欣（中国企业联合会常务副理事长）

陈小洪（国务院发展研究中心企业研究所所长、研究员）

杨　斌（清华大学经管学院党委书记、教授）

专家委员（按姓名笔画排序）

王凤彬　王利平　王雪莉　李　飞　李维安　吴贵生
吴晓波　陈小洪　郑明身　赵曙明　祝慧烨　黄津孚
蓝海林

编　委

张文涛　张　楠　王继承　张文彬　李兆熙　张永伟
刘燕欣　邵　红

"中国企业发展环境研究"
背景研究组成员

研究组织单位

    国务院发展研究中心企业研究所

组长

    陈小洪　　（国务院发展研究中心企业研究所所长，研究员）

课题组协调人

    肖庆文　　（国务院发展研究中心企业研究所副研究员）

课题组成员

    黄嫚丽　　（华南理工大学工商管理学院副教授）

    李玉刚　　（华东理工大学商学院副院长、教授）

    陈　晓　　（北京大学光华管理学院博士生）

    李兆熙　　（国务院发展研究中心企业研究所研究员）

    张政军　　（国务院发展研究中心企业研究所研究员）

    王继承　　（国务院发展研究中心企业研究所副研究员）

总序

Foreword

自 20 世纪 80 年代以来，中国这个西方世界眼中的"庞然大物"，高举改革、开放、稳定、发展的大旗，以不可思议的姿态和速度和平崛起，取得了举世瞩目的成就。"中国现象"，包括政治、经济、思想、文化等各方面的现象，引起了中外学界的高度关注，其中，最广泛、最直接的研究集中在经济领域。这是因为，在 20 世纪中叶以前，大国是以军事力量为手段，以地域征服、资源掠夺为标志的；而历史走进 20 世纪下半叶之后，大国则是以综合国力为基础，以技术引领、市场认同为标志了。

研究经济，离不开对企业的关注；中国经济的高速发展，与众多企业的成功崛起密不可分。如何诠释中国企业成功的"神话"？答案颇多：政策的支持、环境的改善、广阔的国内市场、廉价的劳动成本，等等。这些都是，但又不止这些。因为这些一般的经济因素，难以对中国很多产业中出现国际竞争力迅速提高甚至成为新兴领先者企业的现象做出较为全面、深入、具有足够说服力的解释。如果说在 20 世纪初，支撑美国工业化成功的是泰勒的科学管理和福特的标准化及流水线生产；而在第二次世界大战后日本崛起的过程中，扮演主要角色的企业则得益于丰田的看板管理和精益生产方式。那么，推动经济持续快速发展的中国企业，其担此大任的管理因素又是什么呢？

2005 年春节前，国务院发展研究中心、中国企业联合会、清华大学的有关同志共同商讨，提出了挖掘中国企业成功奥秘的动议，提出从实证研究入手，系统总结提升改革开放以来我国企业管理的成功经验，进而创建中国式企业管理科学，以指导企业提高竞争力。

大家达成上述共识主要基于以下两点考虑：

一是中国要成为经济强国，必须同时有一批具有较高管理水平和国际竞争力的企业。改革开放以来，激烈竞争的市场环境和国外企业的强势冲击，造就了宝钢、华为、中远、海尔、联想、振华重工、万向等一批企业，它们汲取国际经验，结合国情和企业实际不断创新，取得了很大成功；但也有不少企业辉煌一时，昙花一现。而我们对中国的企业管理，在微观层面系统的、较长时间的实证数据和综合研究严重不足，缺乏对优秀企业成功奥妙、基本经验和管理模式的挖掘与剖析。基于案例研究的中国式管理课题，通过深入探究成功企业的成功之道，对它们的管理实践进行梳理、总结和理论提升，使之惠及众多企业，有助于冲破目前存在的"企业管理能力和水平还不适应企业的规模和经营模式，企业管理理论还落后于企业管理实践"的"瓶颈"，对普遍提高中国企业的管理水平和国际竞争力具有重要的意义。

二是中国的市场环境和企业发展路径与国外企业有很大差异，照搬国外的一套不能解决中国企业管理的全部问题。提出"中国式企业管理"这一命题，旨在探求国外先进的科学管理理论在资源配置和合理组织生产力方面的普适性，与中国的传统文化和经济体制的特殊性在实践中怎样实现有效的融合，诠释企业成功的管理内涵，在此基础上研究建立中国式企业管理理论。可以说，这是历史赋予中国管理学界的特殊任务，也是不容推卸的责任。伟大的时代应当产生创新的理论，"中国式企业管理"的研究成果，不仅应体现中国国情和特色，能在理论上概括中国式管理的基本构架和特点，反映中国企业成功的经验；而且要用国际通用的学术语言进行描述和概括，以期最终能得到国际理解和认可。

这一创意提出后，很快得到国务院领导的支持，并由发改委、财政部通过国资委立项实施，名称确定为"中国式企业管理科学基础研究"。项目 2006 年开始启动，研究内容包括：中国式企业管理背景研究、中国企业成功之道之企业案例研究、企业管理专题研究、中国式企业管理理论研究等，最终目标是提出适应中国经济转型和崛起的"中国式企业管理"模式和理论，形成旨在促进和提高中国企业管理水平的纲要性的企业管理指导政策。

研究工作已历时 4 年，由国务院发展研究中心企业研究所、中企联管理现代化工作委员会和清华大学经济管理学院三家机构组织了中国人民大学、对外经济贸易大学、浙江大学、华中科技大学、南开大学、华东理工大学、华南理工大学、山东大学、长江商学院等多所院校的上百位专家学者参与了研究。项目开展了历史传承、管理输入、改革开放等 3 个背景专题研究，宝钢、中兴通讯、新希望、振华重工、用友、大庆油田、青岛港、五粮液、联想、万向、招商银行、神华、云南白药等 30 多家国内成功企业的案例研究以及战略管理、创业管理、技术进步与研发管理、组织与企业管理制度、公司治理、企业文化、市场营销与品牌、人力资源、生产与供应链管理等 9 个专题研究，为课题总报告的理论总结打下实证研究的基础。

截至目前，研究取得的进展主要表现在以下几个方面。

1. 科学合理的研究框架及内容，为我们提供了大量宝贵的第一手和最新的研究成果

在前人研究成果的基础上，"中国式管理科学基础研究"的研究框架及内容，确定为管理背景、企业案例、管理专题及中国式企业管理理论研究等四个方面，四方面相辅相成、相互印证，组成一体。

背景研究着重分析中国企业生存发展的环境，特别是改革开放以来体制和市场环境变化对企业管理的冲击、启迪和提升，深入探求产生中国式管理理念的历史文化根基以及西方管理思想和方法对我国企业管理的广泛影响。背景认知是形成成功案例和管理研究的重要基础，本身亦有独立的价值。案例研究主要是选择有代表性的样本企业进行全景式案例研究。样本企业的选取原则是：业绩业内领先，长期稳定增长；在国内、国际市场上具有较强竞争力；有相对较大的资产规模和较强的实力；管理水平较高；注重社会责任。通过一批个案研究，挖掘企业成功之道，对成功原因、机理以及影响因素进行综合分析，既独立形成研究成果，也为管理专

题研究提供重要依据。管理专题研究的任务是归纳比较案例研究结论的共性及特点，在 9 个不同领域内总结出相应的管理经验。理论研究则是在上述三项研究的基础上，对企业成功之道及若干专题进行综合的、有一定理论深度的总结、提炼，使之条理化、系统化，提出带有规律性的结论，总结出中国企业在管理实践中创新地使用各种管理思想、方法和手段的一般规律，初步创建体现中国企业管理特色的、具有丰富内涵的管理理论体系。

上述研究成果将以"中国式企业管理研究"丛书为载体，陆续与读者见面，大家共同分享经验，共同探求管理奥秘。

2. 基于管理二重性的"中国式企业管理"

管理与技术和资本不同，管理不仅具有生产力的性质，还体现为一定的生产关系，因此具有明显的二重性。涉及生产要素合理配置和生产经营组织的部分，理论科学的意义比较强，具有普适性；涉及生产关系，如在经济制度、所有制结构以及法律、民族、文化、道德等上层建筑和意识形态方面，却体现出强烈的特殊性。因此，管理存在着明显的地域、民族和文化的差异。历史上，理性的官僚科层组织产生于德国，创新的变革理论产生于美国，强调精神力量的企业文化和严格精细的管理风格则产生于日本。这不是一种偶然，其中包含着地域、历史与民族特色的必然。

发达国家工业化期间积累的管理科学是全人类的财富，中国企业正不遗余力地从中汲取营养。中国有悠久的历史文化，中国企业——无论是国有企业还是民营企业，发展的路径与国外企业有很大的不同，改革和发展过程中所遇到的矛盾、困惑以及破解的办法，几乎全部标注了明显的中国特色，无不体现中国传统文化和国情的现实规定性。

管理的二重性决定了"中国式企业管理"的存在。它存在于将管理的一般原理与中国实际结合而取得成功的企业之中，企业管理理论、方法的普适性与理念的特殊性有机融合，往往是企业竞争力和成功的关键所在。

3. 改革开放后中国的企业管理是沿着"以我为主、博采众长、融合提炼、自成一家"的轨迹前进的

改革开放后，企业外部环境迅速变化，基于计划经济体制的管理理

念、管理方式已经成为提高企业效率和活力的桎梏，新的管理理念、管理方法需要建立，中国企业的管理面临脱胎换骨的变革。面对经济体制转轨的大势，众多企业管理者既兴奋不已，又茫然不知所措。

1978 年 10 月，受国务院指派，袁宝华同志曾率领马洪、邓力群、孙尚清等人组成高级代表团赴日本考察经济管理。考察期间代表团发现，中国工业企业 1976～1978 年所面临的情形与日本企业 1945～1950 年非常相似，同样处于恢复生产和经济快速发展的起步阶段。整顿企业管理、转变管理理念、以现代化管理改造传统管理势在必行。代表团认为，日本的文化传统与我国有许多相似之处，学习日本企业的管理经验可以成为中国企业改善管理的重要途径。进入 20 世纪 80 年代，学习日本的企业管理就成了中国企业走向现代化管理的起步阶梯，现场管理、全面质量管理、价值工程、看板管理等管理方法迅速传入中国，令很多企业管理者耳目一新，纷纷效法。

1983 年，时任国家经委常务副主任的袁宝华在广泛调查研究的基础上，适时提出了"以我为主、博采众长、融合提炼、自成一家"的改造传统企业管理的思路，后来被确认为"十六字方针"。这一方针为当时以及后来的企业管理者明确了思路，把中国的企业管理引向了既要接受历史传承、又要提炼创新，既要引进学习、又要结合国情和不丧失自我的道路。自此，企业以适应市场、提高效率为目标的管理改进和管理创新活动逐渐活跃，形成了学习企业管理、研究企业管理的热潮。

回顾近 30 年来企业发展的历史可以发现，中国的企业管理正是沿着"十六字方针"的轨迹不断取得进步的，"十六字方针"在实践中被进一步确立；很多企业遵从"以我为主、博采众长、融合提炼、自成一家"的道路，获得了很大的成功。

4. 中国企业成功之道的初步发现

清华大学经济管理学院承担了"中国式企业管理科学基础研究"理论研究部分总报告的撰写工作。该报告以战略和组织为中心，从企业经营多个维度的综合管理的视角，总结了中国企业在 30 多年来取得的成功经验，概括为"中的精神、变的策略、强的领袖、家的组织、和的环境、学的创新、搏的营销、苛的运营、融的文化"。

以上多个角度的初步梳理并没有完全涵盖项目研究的各个方面，但是透过这些共性总结，仍可以一窥中国企业的成功之道：有着很浓厚的中国哲学色彩的"中的精神"，为了适应环境而高度权变的战略，以品德、魅力和愿景凝聚团队的杰出企业领袖，富有中国家庭色彩的组织控制，以共赢的政企关系、和睦的行业氛围和正面的公众形象为代表的和谐环境，以标杆模仿与整合再造相结合的创新路径，全神贯注、全力以赴的营销努力，在严格基础上精细、高效的运营管理以及在管理理念和方法上古今、中外、个人与团队的有效融合，等等。这是我国企业成长的共同财富。

"中国式企业管理科学基础研究"是从实证研究入手，以案例调研为基础的，案例调研更适合于发现假说；作为互补，项目涵盖的一批成功企业的样本以及长期数据的实证研究成为验证假说的有效手段。而检验这些中国式管理规律是否具有更为普遍性的意义，则不仅有待于在多数的中国企业中观察到这些经验落地开花，更有待于中国企业在更广阔的国际市场竞争中赢得更大的成功，更多的中国企业家和中国品牌受到更多和持续的尊重。尽管管理科学的理论框架在美国产生，但我们对于中国企业进行深入研究，一定会成为扩大理论领域、使理论更具普遍性或者产生创造性发现的重要机会。对于正在进行现代化建设的中国，我们期许这些研究和总结的成果，能够为大家提供思考和实践的广阔空间，启迪今天，影响未来。

我们有理由相信：既从西方管理理论中汲取丰富营养，又闪烁中国人独特智慧的中国式管理理论和模式将渐行渐成；以众多成功企业的丰富实践支撑的中国式企业管理，一定可以在我国乃至世界的经济发展中大放异彩。

陈清泰　蒋黔贵　赵纯均

前言
Preface

　　本书是"中国式企业管理科学基础研究"项目背景研究子课题的主要成果。

　　本书的主要任务如书名所示，首先说明改革开放30多年来，中国企业发展和管理的环境及其变化的特点；其次讨论环境对中国企业发展和管理演变的影响或二者的互动关系。1978年以来，中国企业的环境发生了极为深刻的变化，如果不了解中国企业环境这30多年的基本情况，要理解中国企业的发展和管理演变几乎是不太可能的。本研究的目的就在于帮助读者从各方面理解中国企业的环境及其与中国企业发展及管理的关系。我们认为这是研究"中国式企业管理"的前提，是必须做的功课。

　　本书从发展、改革和开放三个方面大致描绘了中国企业环境的基本情况及其演变。这是撰写本书的第一个挑战，因为我们希望提供的不仅是三个方面的提纲，而且要提供一些基本数据以及"有血有肉"的东西，同时篇幅又不能太长，使读者能在较短的时间内切实地了解中国企业环境的基本特征。第二个挑战是如何说明中国企业环境对中国企业发展的影响。我们采取了综合研究的方法，借鉴前辈学者的智慧，从概念上说明我们对企业与环境关系的理解：先讨论中国企业环境的基本情况；再重点讨论中国大型企业的情况及发展影响因素；用文献分析法分析了数百个企业管理案例，还在相应章节结合若干有关专题和案例，说明中国企业环境与企业的关系。我们的做法只能算是举例或白描，未必能恰当地应对所面临的挑战，唯望我们的工作能成为今后进一步探索的基础。

本课题负责人为国务院发展研究中心企业研究所所长陈小洪，课题组成员有企业研究所的研究人员李兆熙、肖庆文、张政军、王继承，还有华南理工大学的黄嫚丽、华东理工大学的李玉刚、北京大学的陈晓。本书由陈小洪负责课题设计，由肖庆文负责协调，肖庆文、黄嫚丽、李玉刚及陈晓分别提供了本书 5 章的初稿，陈小洪、肖庆文对各章进行了系统的修改和必要的补充，最后由陈小洪修改定稿。李兆熙、张政军、王继承提供了他们的相关研究成果，对本书的完成做出了重要贡献。

还要感谢本项目的负责人陈清泰、蒋黔贵、赵纯均三位资深专家对本课题的指导，感谢本项目的另两位协调人胡新欣、杨斌先生对本课题的帮助和无私的支持。还要强调，如果没有中国企业联合会张文涛等同志提供《管理创新成果》资料支持，本课题的一些设想将难以实施。毫无疑问，本书还存在一些问题，作者在此非常诚恳地希望得到各方面的赐教指正。

陈小洪

2010 年 9 月 28 日

目录
Contents

第 1 章
绪论及结构安排

　　中国环境演变对企业管理的影响，是"中国式企业管理科学基础研究"中"背景研究"部分的子课题，其主要任务是说明改革开放以来中国企业发展环境及其变化的基本情况，并就中国企业环境对中国企业发展及管理的影响或相互影响进行初步讨论。本章第一节以文献介绍为基础讨论并界定企业环境及有关概念；第二节说明借鉴已有理论构造的中国企业环境的描述体系，探讨中国企业环境及其变化的特点；第三节介绍本书描述中国企业环境的三个切入点及本书的有关安排。

▍ 企业环境：概念和若干学术观点 ▍

　　本节以有关文献观点的介绍为基础，界定说明本课题中企业环境的概念，介绍有关企业与环境相互关系的一些学术观点。

企业环境主要是指企业的外部环境

　　理论界对企业环境或组织环境的关注由来已久。根据组织与协作理论，企业行为可以看做对环境条件的反应，企业组织的存在取决于协作系统平衡的维持，这种平衡最基本的是协作系统同其整个外界环境的平衡（Barnard，1938）[⊖]。根据系统与权变理论，企业组织是开放系统，每个企业组织都是一个环

⊖　参见 Barnett W. P. and Hansen M. T. , 1996, The red queen in organizational evolution, *Strategic Management Journal*, 17, pp. 139～158.

境的子系统。现代社会中的环境正在变得更加动态和不确定，企业组织将更易受外界力量的影响，未来组织必须不断地适应环境。管理者必须把各个子系统以及它们在具体环境中的活动结合起来，加以平衡（Kast & Rosenzwig, 1979）[○]。管理思想的各种学派在发展中日益重视对管理环境的研究，因为管理既是环境的产物，又是环境中的一个过程（Wren, 1979）[○]。

对企业环境有多种定义，但多数情况下，所谓的企业环境是指企业外部环境。管理学家或者经济学家提出了企业或组织环境这一概念，但是如何定义企业（组织）环境，不同的学者有不同的定义。管理学家们多把企业环境界定为组织的外部环境，卡斯特认为"从广义上说，环境就是组织界线以外的一切事物"；理查德·达夫特把组织环境定义为"存在于组织边界之外，可能对组织总体或局部产生影响的所有因素"[○]。在流传甚广的《管理学》中，斯蒂芬·罗宾斯也将环境定义为对组织绩效起着潜在影响的外部机构或力量。在战略论著作中，也有企业内部环境的说法。这种说法与战略论主题有关。企业战略是企业领导者关于企业发展的决策，有基于企业内外部环境制定战略的说法。相对于企业管理者，企业内部因素：人、财、物、技术等，自然是影响战略决策的环境因素，并被称为内部环境因素，但它与企业领导者是行政可控关系，而外部环境因素与企业经营者的关系是市场关系。如下文所述，按照企业经济学理论，这已是有关企业边界的问题和概念了。

企业与环境的互相影响

在经济学中，制度经济学和产业经济学对企业与环境的关系多有阐释；在管理学中，对企业环境的研究主要是企业战略管理及管理组织理

○ 参见卡斯特，罗森茨韦克. 组织与管理——系统方法与权变方法 [M]. 傅严，等译. 北京：中国社会科学出版社，1985.

○ 参见丹尼尔 A. 雷恩. 管理思想的演变 [M]. 李柱流，等译. 北京：中国社会科学出版社，1986.

○ 参见 Richard L. Daft, Raymond A. Noe. 组织行为学 [M]. 杨宇，闫鲜宁，于维佳译. 北京：机械工业出版社，2004.

论的各个学派。各种理论普遍认为，企业与环境存在相互影响的关系，企业要适应环境，也可以通过各种机制影响环境。

1. 经济学对企业环境的若干讨论

经济学从不同角度讨论了企业与环境的关系。交易费用理论、产业组织理论、制度变迁理论的有关讨论最值得关注。

交易费用理论界定企业与市场动态变化的边界。市场是企业最主要的外部环境，罗纳德·科斯（Ronald H. Coase）在1937年发表了著名的《企业的性质》一文，提出企业与市场是资源配置的两种相互替代的手段。在市场上，资源的配置由非人格化的价格来调节，而在企业内则通过权威关系完成。某些因素属于企业内还是属于市场，两者之间的选择依赖于交易费用，即市场成本与企业内行政组织的成本之间的权衡。企业之所以出现，是因为权威能够大大减少需分散定价的交易数目。企业交易的内部化与市场化交互作用，导致企业与环境边界的不断变化。正是由于企业与环境边界的动态性，要求人们舍弃传统的非此即彼的思考模式（纯企业与纯市场两种形式），用效率边界来看待企业与环境的关系，两者的关系实际上是在内部化与外部化之间进行变动的。在企业和市场之间，还存在着广泛的中间地带。现实经济生活中，虚拟组织、业务外包的蓬勃发展以及组织边界的日益模糊为此提供了很好的注释。从交易连接与连续性的意义上，企业与环境的界限总是动态变化的。

产业经济学提出了描述环境与企业关系的框架——"结构—行为—绩效"的框架。产业经济学又称做产业组织学或产业组织理论（theory of industrial organization），是一门应用微观经济学理论，主要讨论垄断和竞争的实际关系。该理论中的"产业"指的是生产具有一定替代关系的同一类商品的生产者的集合，"产业"与"市场"是实质，是同义语，是企业的集合，也是个体企业的外部环境。20世纪50年代，首先是哈佛大学的经济学教授E. Mason，而后是加州大学伯克利分校的J. Bain教授，在其1959年发表的名著《产业组织》（约翰·威利父子出版公司出版）中提出了"市场结构（structure）—市场行为（conduct）—市场绩效（performance）"的产业组织研究范式，简称SCP分析框架。在这个分析框架中，"市场结构"指在特定的市场中企业间数量、份额、规模上的关系，以及由此决定的竞争结构。它反映产业组织或市场的竞争和垄断程度，主要指标有进入壁垒、市场集中度、产品差异化、成本结构、经营多样化等。"市场行为"指企业在市场竞争和相互博弈中所采取的策略和对策，一般包括企业的产品政策、价格政策、促销策略和并购行为等。"市场绩效"指产业运行的效率，是企业的市场行为所形成的产业资源配置、技术进步和产业规模经济实现程度等方面所达到的状态，借此来判断市场结构和市场行为的优劣。根据 SCP 分析框架，企业的行为与市场结构（即环境）有关，最终影响市场绩效。20 世纪 60 年代以后，芝加哥学派开始批评 SCP 分析框架，他们认为未必是结构影响行为，企业行为亦能影响结构。这些讨论，使人们基于产业组织的角度对企业与环境关系的讨论更加深入 ⊖。

制度变迁理论指出企业与环境存在互动影响关系。制度变迁理论描述了制度变迁的过程和影响因素。理论提出者，诺贝尔经济学奖获得者道格拉斯·诺斯（Douglass C. North）在其 1990 年发表的名著《制度、制度变迁与经济绩效》第一章中提出制度是一个社会博弈的规则，"是一些人为设计的、形塑人们互动关系的约束" ⊖。诺斯认为，制度变迁决定了人类历史中的社会演进方式，因而是理解历史变迁的关键；制度在社会中具有更为基础性的作用，是决定长期经济绩效的根本因素；制度变迁的重要来源是相对价格的根本性变化，组织和企业家是制度变迁的主角，组织和企业家从事的有目的的活动，形塑了制度变迁的方向。诺斯所讲的社会制度可以理解为企业环境，因此环境是影响企业发展的重要约束，但环境变化—制度变迁，即相对价格的变化，又与企业及企业家的推动有关。

2. 以企业战略管理为中心的企业管理理论的有关讨论

企业战略理论的重要内容是研究企业环境。企业管理理论中，有关

⊖ Bain 的代表性著作有 1959 年发表的《产业组织》，中国关于产业组织理论及哈佛学派和芝加哥学派的有关争论较早期的介绍，见陈小洪（1990 年）、（1991 年）。近些年，有关产业经济学或产业组织的译著和中文著作已有较多出版。

⊖ 见诺斯（1990 年）第 1 章。

企业与环境关系的讨论，最多的是企业战略理论。企业战略理论是讨论企业发展目标、发展途径和基本策略的理论。企业环境是影响企业战略的重要因素，环境及其变化的分析，是促进战略管理理论的发展与创新的重要驱动因素。对企业外部环境的分析有多种方法，可以以时间为基准，从过去、现在与将来三个阶段加以描述；也可以以空间为基准，从宏观、中观与微观三个层面加以分析。明茨伯格曾详细讨论了主要的企业战略理论，指出建立在对环境、市场分析基础上的企业战略理论，主要理论流派有设计学派、计划学派、结构学派和环境学派等⊖。还有些战略理论，如企业竞争力、企业资源理论，更关注企业内部因素对企业发展和战略的影响，但不意味该理论忽视环境的重要性，而是强调企业的战略决策要重点关注如何发挥自己的独特优势，而不仅是追随其他企业。

企业环境—企业战略—企业组织结构之间存在互动关系。美国著名管理学家艾尔弗雷德·钱德勒（Alfred D. Chandler）在 1962 年发表了《战略与结构》，全面分析了企业环境、战略和组织结构之间的互动关系。企业战略应当适应环境变化——满足市场需求，而组织结构又必须适应企业战略的要求和变化（Chandler，1962）。这是研究"环境—战略—结构"间相互关系的开端。20 世纪 60 年代诞生的战略管理的设计学派和计划学派，两者都十分重视环境对企业的影响。企业经营战略就是使企业自身与所遇机会相适应的决策和安排。在企业与环境关系的基础上，企业的经营战略分为战略制定与战略实施两个过程（Andrews，1971）⊖。设计学派的 Andrews 杰出的贡献还在于讨论了战略制定中常用的 SWOT（strength、weakness、opportunity、threat）战略矩阵分析模型的根据。根据 SWOT 理论，企业战略就是使组织自身条件与企业所处外部环境机会相适应。这时，企业外部环境对企业战略的制定具有重要的，甚至是决定性的作用。另一方面，计划学派主张企业战略行为是一个组织对其所处环境的交感过程以及由此而引起的内部组织结构变化的过程，

⊖ 参见明茨伯格《战略历程：纵览战略管理学派》。
⊖ 参见 Andrews，K. *The Concept of Corporate Strategy. Homewood*，Ill.：Dow Jones-Irwin，1971.

环境是企业不能影响或不可更改的决定要素，因此企业必须通过改变内部资源配置与行动方式使之与环境相互适应（Ansoff，1965）[⊖]。

"五力模型"给出了将企业竞争战略与环境分析结合的具体模型或方式。 20 世纪 80 年代以后，哈佛大学的波特（Michael Porter）教授，提出了以五种行业竞争力量分析模型和价值链分析模型为主要内容的企业竞争战略理论[⊖]，即所谓的结构学派。波特教授的结构理论认为企业外部环境的重点可以定位于已选择的和即将选择的产业的五种基本作用力上——供应商的议价能力、购买者的议价能力、潜在竞争者进入的能力、替代品的替代能力、行业内竞争者现在的竞争能力。波特教授描述企业环境的框架，借鉴产业经济学中的"结构—行为—绩效"（SCP）框架和概念，将经济学理论与战略学、经营学理论相联系，在学术上亦有开创意义。

环境学派进一步提出"权变理论"和"适应理论"。 企业战略理论的环境学派，有两种不同的发展方向。一种是"权变理论"（contingency theory），它侧重于研究企业在特殊环境下和面临有限的战略选择时所作的预期和反应。权变理论要求企业必须发挥主观能动性，因为企业可以在一定的环境条件下，对环境的变化采取相应的对策以影响和作用于环境，争取企业经营的主动权；另一种是"制度理论"（institution theory），它强调的是企业必须适应环境，因为企业所处的环境往往是其难以把握和控制的，因而企业战略的制定必须充分考虑环境的变化，了解和掌握环境变化的特点，只有如此，企业才能在适应环境的过程中找到自己的生存空间，并获得进一步的发展。

企业生态理论提出"适者生存"、积极参与竞争。 企业生态理论是自然生态理论在企业领域的应用，借鉴生物物种生态与进化来分析研究企业组织与外部环境的关系。组织结构应与环境特性相匹配，强调有机的企业组织结构更能适应多变的外部环境，而机械式缺乏灵活性的组织

⊖　参见 Ansoff H. I.，Corporate strategy：*An analytic Approach to Business Policy for Growth and Expansion*，McGraw-Hill Companies，1965.

⊖　可见波特《竞争战略》中文版（夏忠华译校，中国财经出版社，1988 年）第 1 章。波特的理论已成为企业战略理论教科书介绍的基本内容。

结构更适合稳定的环境（Burns、Stalker，1961）；部分学者根据"适者生存"原理提出企业组织结构设计要与变化的外部环境相适应，并通过案例研究论证了环境力量对组织结构形成的中心作用（Thompson、Lawrence、Lorsch，1967）。资源获取是企业生存与发展的关键，而外部环境中影响企业资源获取能力的关键要素是技术（尤其是技术标准）变迁和技术创新，企业要保持对外部环境的适应以及自身的不断发展（Nelson、Winter、Tushman）。竞争是推动企业演化的重要因素，由于竞争对手不断进步，外部环境不断变化，企业如果想要保持长期良好的演化态势，就必须积极参与竞争（Barnett & Hansen，1996）。

中国企业发展的环境：描述方法及变化特征

本节首先介绍描述企业环境的基本方法，而后根据该方法对中国企业发展环境变化进行判断描述，指出这种情况下中国企业发展与环境的互动影响。

描述企业环境的基本维度

一些学者认为研究企业环境有三个主要维度——动态性、复杂性及敌对性。企业环境是一个多维度的构造（Duncan，1972；Lawrence & Lorsch，1967），学者们提出了多种划分方法，主要有复杂性（complexity）、动态性（dynamism）和敌对性（或对抗性，hostility）三个维度（Dess & Beard，1984；Thompson，1967），其中复杂性是指企业所处环境的利害关系的多寡，即企业在决策过程中需要考虑的因素的数量以及同质化或差异化的程度（Child，1972；Dess & Beard，1984；Mintzberg，1979；Thompson，1967）；动态性是指环境要素随时间变动的程度，包括法规制度、科技及环境变动的速度与幅度，如果环境要素发生剧烈的大幅度变化则称之为动态性环境；如果变化很微小，渐进或缓慢地进行，则称之为静态性环境（Dess & Beard，1984；Thompson，1967）；敌对性是指企业所处的环境对于资源、市场等竞争（Miller & Friesen，1982；

Mintzberg，1979）。戴斯（Dess）和比尔德（Beard）认为环境的"动态性"、"复杂性"及"敌对性"三个维度会影响企业组织的结构，而且这些维度已经广泛地运用在与环境相关的实证研究当中。在相关的研究中，"信息不确定性"的观点也已经注入环境复杂性和动态性的维度概念里（Lawrence & Lorsch，1967；Thompson，1967），而环境的对抗性的维度也加入了资源依赖（resource dependency）的观点（Pfeffer & Salancik，1978；Ulrich & Barney，1984）。这些观点的补充为复杂性、动态性、敌对性概念提供了很好的注解，使得环境的分析变得更为严谨扎实。

企业环境的另一个重要维度——环境容量。除了上述三个维度之外，还有学者提出了其他重要的维度，最有影响的莫过于格罗夫（Grove）提出的"三维分析技术"。所谓"三维"，是指环境的动态性、复杂性与容量。其中环境容量（capacity）的维度，用来说明环境能够为企业发展提供的资源支持和成长空间。以市场环境为例，产业前景、市场规模等都极大程度上影响甚至决定了企业的成长空间。综合以上戴斯、比尔德和格罗夫两种环境的构析方法，在本研究中用一个四维度的分析框架（见图1-1），描述中国企业环境的基本特点。

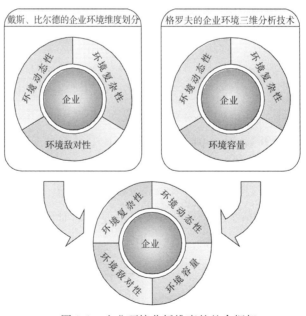

图 1-1　企业环境分析维度的整合框架

中国企业环境：根本性的深刻变化

根据我们提出的四维度模型，可以对中国企业环境有如下描述。

第一，环境容量持续扩大，有利于中国企业持续发展。表1-1给出了中国若干经济指标的情况，可以看出从总量或人均的国民财富指标GDP、储蓄存款、进出口总额、零售总额等市场规模指标看，中国企业发展的空间或者说环境容量自1978年以来都有很大的扩张。持续扩大而且总量巨大的市场或需求、日益丰富的资源（如资金）给中国企业带来巨大的成长机会和激励。

表1-1   1978～2008年经济环境部分指标变化

	1978 年	2008 年	2008 年/1978 年
GDP	3 645.2 亿元	300 670.0 亿元	82.5
人均 GDP	381 元	22 698 元	59.6
国家财政收入	1 132.3 亿元	61 330.4 亿元	54.2
货物进出口总额	206.4 亿美元	25 632.6 亿美元	124.2
城镇居民人均可支配收入	343 元	15 781 元	46.0
农村居民人均纯收入	134 元	4 761 元	35.5
城乡人民币储蓄存款余额	211 亿元	217 885 亿元	1 032.6

资料来源：中国统计年鉴2009，表1-2。

第二，中国企业发展的环境日益复杂。这种复杂性来源于多个方面：多种成长机会；出现更多独立的经营主体或者竞争主体，目前中国的企业法人有数百万个，而改革初期只有数万个；中国的商品和要素市场从政府管制变为市场竞争；中国市场已与国际市场高度接轨，贸易、资本的国际化程度已有巨大的提升，国际市场的复杂性直接影响中国经济和中国市场；技术变化和运输条件的改善使发展机会扩大，同时会使日益复杂的经营环境很快地影响中国企业；此外，中国企业发展的制度环境也极为复杂，相当长的一段时间里，改革是在进退不定中推进的。日益复杂的环境给中国企业同时带来了机会和挑战。

第三，中国企业发展环境的动态性很强或变化很快。这种变化，不仅表现在环境容量的快速扩张上，更表现在环境制度的变化上。中国经济从性质单一变为在各方面都充分多元化，仅用了大约 10 年就初见端倪，再经过 10 多年，即到 21 世纪初，这种变化程度之大，已到了当初难以想象的地步。

第四，中国企业环境的对抗性因素在逐渐强化。这里的对抗性，主要指竞争性。在改革的第一个 10 年，中国企业环境的竞争性因素就开始显现。由于当时还处于"短缺经济"时代，当时的竞争性主要表现在对重要的计划内物质（如 20 世纪 80 年代的钢材）、外汇等稀缺资源的竞争上，面向消费者的商品市场竞争程度尚不够激烈。但是在改革的第三个 10 年，市场竞争已十分激烈，资金资源竞争曾经十分激烈，目前对不同的企业已影响不同，但对自然、环境资源的竞争都日益加强。此外随着中国企业的成长及向海外发展，国际的竞争性问题已日益突出。

对四个维度的概要描述，表明中国企业发展的环境在 1978 年以后的 30 多年，已发生深刻的、广泛的、巨大的变化。改革开放之前，我国实行计划经济，企业及企业环境与西方学者的理论前提完全不同。改革前的中国没有市场机制，整个社会被视为一个"工厂"，企业依照各种行政指令行动。因此一些外国学者说"中国不存在企业"，或者几乎不存在企业（小宫隆太郎，1986）[⊖]。这种情况下，西方学者的企业环境概念很难引入中国，因为当时企业与外部，如政府、其他交易者的关系也是行政关系。改革开放以来，尤其是 20 世纪 90 年代初明确建立社会主义市场经济体制后，中国经济实现了由计划经济向市场经济的转轨，经济和社会制度发生了深刻的变化，结果是中国企业的环境变了，引入西方学者的环境概念讨论中国的情况也变得合适了。

成功的企业抓住了变化带来的机遇，失败的企业则失败于对环境的复杂性、变动性和敌对性的不适应。

⊖ 参见小宫隆太郎《竞争的市场机制和企业的作用》，载于吴家骏、汪海波主编的《经济理论与经济政策》，经济管理出版社，1986 年。

从三方面描述中国企业环境和本书的结构安排

上节大致从四个维度描述了中国企业环境的基本情况。但是本书将从发展、改革和开放三方面介绍中国的企业环境。这是因为四个维度指标的变化，都受到中国发展、改革和开放的影响，此外亦是考虑到较易组织材料，比较清楚地说明中国企业的环境及其变化。本节将首先简介中国的发展、改革、开放的基本特征，而后介绍本书的结构安排。

发展、改革和开放：影响中国企业环境的主题

发展、改革和开放对企业环境各维度都有显著影响。 在过去30年间，经济发展、体制改革和对外开放是中国的三个主题，或发展及制度变迁的主要驱动因素，这三方面情况可以说明中国企业环境及环境变化的主要方面及特点。这三个主要因素，影响描述中国企业环境的四个维度指标。四维度指标的变化趋势与中国企业环境三方面关系如表1-2所示。总的来看，发展、改革、开放对环境指标的影响是：扩大容量，增加复杂性、动态性、敌对性；开放引入更多的外国竞争因素，在某些领域对容量的扩大亦有可能有挤出的负面影响。

本书拟从发展、改革、开放三方面讨论中国企业环境的基本情况及企业与环境的关系，以反映最近30年中国企业发展与管理演进的基本环境。这样安排设计，最根本的原因是某种意义上，中国企业近30年环境的基本情况和变化就是中国经济发展战略及其实践的变化和中国经济制度的变迁。三方面的演进变化是密切联系的。1978年以前，中国实行计划经济体制，发展战略就是不同的时期举国办钢铁、举国为"三线"。1978年以后，中国经济发展战略发生重大转变，明确经济建设是为了满足人民的需求，必须按经济规律发展经济，搞活经济。这就同时要求改变经济发展的机制，要发展商品经济、市场经济，即开始制度变迁。这样的过程，使得经济日益全球化，发展改革开放日益推进，逐渐并最终改变了企业的环境。企业由于其对环境变化影响的正面预期，亦积极参

与和推动体制的变化、影响环境的走向。从企业个体看是受影响，从企业总体看企业发展对环境演进影响很大，在这种进程中，中国企业发展的环境变了，中国企业也因此发生了根本性的变化，中国不再是"无企业"了，而是出现了一批优秀的企业。

中国经济的发展、改革、开放三个方面，可以再细分为若干因素。如图 1-2 所示，用影响因素系统描述中国企业的环境系统。

表 1-2　中国企业环境的三个方面及其对环境维度的影响

影响因素 环境维度	发展	改革	开放	影响
容量	扩大	效率提高	面向国际市场	持续扩大
复杂性	发展的多样性增加	更加多元化	更多国际因素进入	大幅增加
动态性	变化快	制度快变和渐变并存	更受全球经济动态变化影响	提升
敌对性	日益增强	竞争机制强化	更强，同时国际机会更多	强化

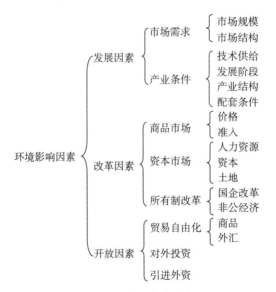

图 1-2　环境影响要素

经济发展包括市场需求和产业条件两大因素。 30 年经济增长、社会发展尤其是工业化进程的加快对中国企业发展产生深远影响。尽管存在周期波动、进程曲折，但总体来看，中国企业发展面临前所未有的机遇，包括市场需求和产业条件两大方面。首先是市场需求得以释放的巨大机遇：一是随着经济增长、收入提高，各类产品的市场规模都有一个急剧扩大的过程，给企业发展带来良机；二是阶段性、消费升级及产品结构升级、产业升级都为企业持续发展或产业进入带来良机。其次是产业条件不断改善的机遇。技术供给多元化，尤其是技术与装备一体化和国际产业转移，使企业有条件跨越技术门槛；工业化进程不断加快，多数产业从国际上看成熟度较高，国内企业发展具备后发优势，跨越了工业化起步和发展初期的诸多困境；产业结构不断优化，所有制结构和企业组织结构适应市场机制不断调整，各类企业基本上都有发展机会；配套条件日趋完善，基础性产业"瓶颈"不断被打破，催生诸多新兴产业。

体制改革包括商品市场、要素市场（资本市场）和企业改革三大因素。30 年经济体制改革，尤其是企业改革，对中国企业发展产生深远影响：一是商品市场改革，包括价格改革、流通体制改革以及财税改革、基础设施投融资体制改革、住房商品化改革等，这些改革多数启动较早，促进商品市场体系的形成，给企业提供准入机会，为企业发展和竞争提供空间和舞台；二是要素市场改革，包括劳动力市场改革、金融资本市场改革、科研体制改革、土地供给制度改革等，这些改革进展程度和深度不尽相同，有的到目前为止还没有改革到位，但作为要素市场的发展，已经深刻影响企业资源获取的方式；三是企业改革，既包括对传统体制下形成的国有企业的改革，也包括支持各种新兴企业发展的社会制度改革，影响企业的所有制结构以及法律形式、所有权、经营组织和公司治理。

对外开放包括贸易自由化、吸引外资和对外投资三大因素。对外开放 30 年，中国企业由封闭环境走向开放环境，有了更大的市场扩大机遇和更多的资源获取途径，也面临更激烈的市场竞争。总结对外开放 30 年历程，对中国企业发展与管理的影响因素主要表现在三大方面：一是贸易自由化，包括商品自由化和外汇自由化，为企业开拓国际市场创造出更为广阔的发展空间，并通过国际市场的检验提升产品质量、档次和开发水平，进而提升企业管理水平和素质；二是吸引外资，包括中外合资和外商独资，通过引资实现"引制"和"引智"，丰富市场竞争主体，促进本土企业融入国际分工、承接国际产业转移，融会各种管理理念，融合各种管理方法，塑造自己的核心竞争力；三是对外投资，企业以各种方式"走出去"，开始整合全球资源，努力建立世界级企业，尽管机遇与风险并存，但唯其如此，经历了国际化生存检验，才能真正形成"中国式管理"。

本书的内容结构安排

第 2 章主要讨论 30 年来中国经济发展的基本情况及其对企业的影响。首先描述改革开放 30 年来经济发展的基本情况，即经济和市场增长的情况、经济和产业结构变化升级的情况；然后从基础设施、技术进步、产业基础条件的角度描述企业发展的资源环境条件，有时亦是市场条件变化的情况；最后安排两个专题，30 年的中国企业成长机会和中国产业市场集中度特点，讨论中国企业发展环境变化的若干特点及影响。

第 3 章主要讨论经济体制改革的基本情况及其对企业的影响。首先描述市场化改革的进程及其对企业交易和资源获取方式改变的影响，市场化进程主要指商品市场价格、流通体制等的形成和改革，要素市场（劳动力、资金、技术、土地等）的形成和改革；然后描述企业改革与企业所有制结构变化，包括改革的历程及其对企业的影响；再讨论中国企业在法律形式、所有权、经营组织、公司治理四方面基本制度的变化；最后通过资本市场专题，说明中国资本市场的发展过程、对企业的互动影响。

第 4 章主要讨论对外开放的基本情况及其对企业的影响。首先描述对外开放的进程，包括各个阶段的特点及成效；然后描述对外开放对中国企业经营环境改变的影响，包括资源与生产要素的变化、需求要素的变化、产业结构的变化、市场化与竞争结构的变化；对中国企业发展和管理演变的影响渠道、机制；再讨论一个比较受到关注的话题，即外商在华投资及并购对中国企业的影响；最后以联想的国际化发展及中国部分企业由"引进来"到"走出去"为例，讨论中国企业利用开放发展的一些情况及经验。

第5章主要讨论中国企业的环境对企业发展和管理的影响。主要通过两个专题进行讨论。一是讨论中国大企业发展的情况及其与企业环境的关系。中国产生一批优秀的大企业是中国改革开放最重要的成果之一，这显而易见。二是以案例文献为基础讨论中国企业管理焦点及其与环境因素的关系。课题组以 1990～2007 年中国企业联合会评选出的 13 届 972 项"国家级企业管理创新成果"作为"案例库"，通过内容分析的方法（content analysis）描述了改革开放以来中国企业管理焦点的演化情况，讨论了影响管理焦点演变的环境因素。

第 2 章

经济发展：基本情况及其
对企业的影响

改革开放 30 年，中国经济持续高速增长，经济和产业结构发生了重大变化。各类企业获得增长机会及发展空间，产业基础和技术条件等资源条件亦出现了根本性的变化。

▌经济社会发展拓展企业发展空间▐

企业环境容量对企业发展影响很大。企业环境容量，与经济及市场总量和经济结构的情况都有密切的关系。经济总量影响企业发展的规模和增长速度，经济结构变化，给企业的跳跃式发展、创新发展、多元化的扩张带来新的或更多的机遇和空间。

总量：经济持续快速增长，市场规模不断扩大

改革开放 30 年来，中国经济高速增长，总体规模不断扩大。1979 ~ 2008 年，中国经济年均增长 9.8%，快于同期世界经济增速 6.8 个百分点。2008 年，GDP 超过 30 万亿元，居世界第 3 位；人均 GDP 达到 22 698 元，年均增长 8.6%；国家财政收入超过 6 万亿元；外汇储备 19 460 亿美元，居世界第一位 [⊖]（见图 2-1）。

⊖ 本章数据资料来源，除非特别注明，均引自国家统计局组织撰写的新中国成立 60 周年经济社会发展成就系列报告，参见 http：//www. stats. gov. cn/tjfx/ztfx/qzxzgcl60zn/in-dex. htm.

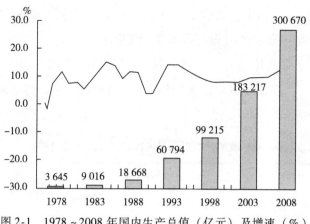

图 2-1　1978～2008 年国内生产总值（亿元）及增速（%）

　　城乡居民收入持续增加，居民消费水平不断提高。改革开放 30 年，城乡居民收入和消费年均增长均超过 7%；财富增加，居民储蓄存款年均增长达 26%；反映居民生活水平，即用食品支出比例计算的城乡恩格尔系数大幅下降，分别由 1978 年的 57.5 和 67.7 下降到 2008 年的 37.9 和 43.7（见表 2-1）。居民消费的彩电、洗衣机、电冰箱、空调、电话等耐用消费品逐步普及，汽车、家用电脑等高档耐用消费品拥有量大幅提高，如表 2-2 所示，1985 年全国彩电百户普及率只有 9%，而到了 2009 年城乡都超过 100%；移动电话、家用汽车普及率也大幅上升。

表 2-1　1978～2008 年部分经济指标变化情况

	1978 年	2008 年	变化情况
城镇居民人均可支配收入（元）	343	15 781	年均实际增长 7.2%
农村居民人均纯收入（元）	134	4 761	年均实际增长 7.1%
城乡人民币储蓄存款余额（亿元）	211	217 885	年均增长 26.0%
居民人均消费（元）	184	8 183	年均实际增长 7.6%
城镇居民家庭恩格尔系数（%）	57.5	37.9	下降 19.6
农村居民家庭恩格尔系数（%）	67.7	43.7	下降 24.0

资料来源：根据《中国统计年鉴》整理。

　　产品和市场供应能力大幅提升。主要农产品供给能力大幅增加；主要工业产品产量成倍增长，许多产品产量居世界第一。根据国家统计局按照国际标准工业分类，在 22 个大类中，我国制造业占世界比重在 7 个大类中名列第一，15 个大类名列前三 ⊖；而在发展中国家中，除机动车、拖车、半拖车一个大类名列第 11 位外，其他 21 个大类所占份额都名列第 1 位。更具体地看，2008 年耐用消费品（手机）、IT 产品（如计算机、手机）、设备（发电设备、机床）、原材料（钢、煤、水泥）的产量均已居世界第一（见表 2-3）。

表 2-2　改革开放以来我国部分产品及其普及情况

年份	每百户彩电拥有量（台）			移动电话拥有率（%）	城镇家用汽车拥有率（%）	汽车产量（万辆）	钢铁产量（亿吨）	原煤产量（亿吨）
	城镇	农村	全国					
1978						15	0.32	4.4
1980						22	0.37	4.4
1985	17	0.8	9			44	0.47	6.2
1990	59	4.7	31.9	0.002		51	0.66	7.7
1992	85	8	46.7			106	0.81	8.0
1995	90	17	53	0.3		145	0.95	9.7
2000	117	49	83	6.8	0.5	207	1.29	9.3
2005	135	84	109	30.3	3.4	577	3.53	15.7
2007	138	94	116	41.6	6.1	842	4.90	18.0
2008	133	99		48.5	8.8	934.5	5.00	27.9
2009	136	109		56.3	10.9	1 379.5	5.68	0.5

资料来源：根据《中国统计年鉴》整理。

表 2-3　部分产品 2008 年产量及在世界的排名

产品名称	单位	2008 年产量	在世界的排名
大中型拖拉机	万台	21.71	1
内燃机	万千瓦	54 977.08	1
混凝土机械	万台	27.15	1

⊖　其中，烟草类占比 49.8%，纺织品类占比 29.2%，衣服、皮毛类占比 24.7%，皮革、皮革制品、鞋类占比 33.4%，碱性金属占比 23.8%，电力装备占比 28.2%，其他交通工具占比 34.1%；有 15 个大类名列前三；除机动车、拖车、半拖车一个大类外，其他 21 个大类所占份额均名列世界前 6 位。

产品名称	单位	2008 年产量	在世界的排名
铲土运输机械	万台	20.13	1
照相机	万台	8 900.01	1
数码相机	万台	8 188.26	1
复印机械	万台	584.18	1
金属切削机床	万台	61.73	1
数控机床	台	122 211	1
发电设备	万千瓦	13 343.3	1
变压器	万千伏安	116 078.48	1
轴承	亿套	106.92	3
汽车	万辆	934.55	2
轿车	万辆	503.74	2
摩托车	万辆	2 768.94	1
家用电冰箱	万台	4 756.9	1
家用洗衣机	万台	4 231.16	1
彩色电视机	万台	9 033.08	1
数码照相机	万台	8 188.26	1
移动通信手持机	万台	55 964.02	1
微型电子计算机	万台	13 666.56	1
粗钢	万吨	50 091.53	1
氧化铝	万吨	2 278.17	1
水泥	万吨	140 000	1

资料来源：《中国机械工业年鉴2009》，《中国统计年鉴》。

经济结构不断变化和升级

三次产业结构：二次和三次产业比重稳定上升。中国三次产业发生重大的深刻变化，在三次产业的规模都大幅增长的同时，一次产业比重从 1985 年的近 30% 降至 2008 年的 11%；同期二次产业比重略有上升，从 42.9% 升至 48.8%；三次产业大幅上升，从 28.7% 上升至 40.1%。伴随产业结构变化，就业结构也发生重大变化，三次产业的就业比重，1978 年为 70.5∶17.3∶12.2，2008 年变为 39.6∶27.2∶33.2（见表 2-4）。二、三次产业成为就业人口的主要吸纳部门。三次产业协同发展的基本格局已经初步形成，大量农村就业人口向城镇转移。

表 2-4　1978~2008 年国民经济重大比例关系变化

年份	第一产业		第二产业		第三产业		国内生产总值(亿元)
	产值（亿元）	比重（%）	产值（亿元）	比重（%）	产值（亿元）	比重（%）	
1985	2 564	28	3 867	43	2 585	29	9 016
1990	5 062	27	7 717	41	5 888	32	18 668
1995	12 136	20	28 679	47	19 978	33	60 794
2000	14 945	15	45 556	46	38 714	39	99 215
2005	22 420	12	87 365	48	73 433	40	183 217
2008	34 000	11	146 183	49	120 487	40	300 670

资料来源：根据《中国统计年鉴》整理。

三次产业内部结构也发生重大变化。20 世纪 80 年代至今，行业分类标准略有调整。比较前 3 位和前 10 位，工业部门按二级分类的行业产值比重，可以发现 30 年来工业内部结构已发生重大变化。通信、设备、计算机及其他电子产业，1985 年未进前 10 位，1990 年刚进入前 10 位，2000 年已位居第一，2009 年仍位居第二。钢铁业在前 20 年一直在 4~8 位，近几年跃居第一。位居前三位行业，1985 年为纺织、机械、食品制造，2009 年为黑色金属压延冶炼、通信、计算机和机械。1985 年，产值比重最大的是纺织业，高达 12.6%，但到 2009 年降至第 10 位，其产值仅为前三位产业产值的 1/2，比重则大幅降为 4.2%。这表明经过 30 年的发展，反映发展水平的基础工业（黑色金属、化学化工、石油加工）和技术含量较高的（通信设备和计算机、机械装备、交通运输装备、电气机械）产业已逐渐成为中国工业的主角，还表明中国工业部门内结构变动相当剧烈（见表 2-5）。

城市化进程明显加快。改革开放前，由于传统的计划体制和严格的户籍制度的藩篱，城乡之间生产要素不能自由流动，工农业产品不能平等交易，城乡之间处于严格的分割状况。改革开放以后，城乡关系进入了一个新的历史时期。一方面，城镇化进程的加快，特别是小城镇建设的加速推进和户籍管理制度和改革，促进了城乡经济相互交融，工农业产品交换市场化程度显著提高，打破了城乡间劳动力、土地、资本等要素市场的隔离，为解决城乡分割，实现城乡协调发展奠定了坚实的基础。另一方面，社会主义新农村建设的扎实推进，以工促农、以城带乡机制的逐步形成，对改善农村生产生活条件，逐步缩小城乡差距发挥了重要作用。表2-6的数据表明城镇人口占全国人口的数量已从1978年的1.72亿人上升到2008年的6.07亿人，占总人口比重从17.9%上升到45.7%；100万人口以上的城市已从29个上升到122个，人口已经超过城镇人口的40%。

表2-5　产值排位前10名的行业

排名	2009 年	2000 年	1990 年	1985 年
1	黑色金属冶炼及压延（8.8%）⊖	通信设备、计算机及其他电子	纺织	纺织
2	通信设备、计算机及其他电子（8.7%）	化学原料及制品	机械设备	机械工业
3	机械设备（7.7%）	交通运输设备	化学原料及制品	食品制造业
4	化学原料及制品（6.7%）	机械设备	黑色金属冶炼及压延	化学工业
5	交通运输设备（6.6%）	农副食品加工和食品	农副食品加工和食品	黑色金属冶炼及压延
6	农副食品加工和食品（6.2%）	纺织业	非金属矿物制品业	建筑材料及其他非金属矿物制品业
7	电气机械及器材（6.0%）	电气机械及器材	电气机械及器材	交通运输设备制造业
8	电力、热力的生产供应（5.9%）	黑色金属冶炼及压延	交通运输设备	电气机械及器材
9	石油加工、炼焦及核燃料加工（4.5%）	电力、热力的生产供应	电力、热力的生产供应	电力、热力的生产供应
10	纺织（4.2%）	石油加工、炼焦及核燃料加工	通信设备、计算机及其他电子	石油加工业

资料来源：根据《中国统计年鉴》整理。

区域经济结构不断发生变化。改革开放前，鉴于当时特殊的国际国内政治环境的需要，我国工业布局着力由沿海向内地推进，主要强调"三线建设"，谋求改变生产力布局过度东倾的状况。改革开放后，按照"两个大局"的战略构想，充分利用东部优势，实现了东部沿海地区率先发展。为逐步解决我国地区发展差距不断扩大的问题，促进区域协调发展，20世纪90年代末以来，中国政府相继做出西部大开发、振兴东

⊖　括号内数字为该行业在2009年全国居民生产总值中的比例。

北地区等老工业基地、促进中部地区崛起等一系列重大决策，促进了广大内陆地区经济的加快发展，使地区发展差距的扩大趋势得到了初步遏制。

表 2-6　1978~2008 年城乡结构变化

	1978 年	2008 年
城镇人口数（亿人）	1.72	6.07
城镇人口占全国人口比重（%）	17.9	45.7
城市数量（个）	193	655
其中：200 万人口以上	10	41
100 万~200 万人口	19	81
50 万~100 万人口	35	118
50 万人口以下	129	415
建制镇（个）	2 173	19 249

资料来源：根据《中国统计年鉴》整理。

表 2-7 的数据表明改革以来中国经济发展的地区差距有所扩大，其中东部 GDP 占全国的比重从 1985 年的 45% 上升到 2005 年的 56%，20 年上升了 11 个百分点，但随着中西部的发展，特别是中西部地区基础和资源产业的发展，到 2009 年东部 GDP 所占比重略有所下降。

表 2-7　全国 GDP 的区域分布

	东部（10 省市）	中部（6 省）	东北（3 省）	西部（12 省市）
1985 年	45%	23%	12%	20%
1990 年	46%	22%	12%	20%
2005 年	56%	19%	9%	17%
2009 年	54%	19%	8%	18%

资料来源：根据《中国统计年鉴》整理。

‖ 产业基础、技术条件的改进增强企业资源支撑 ‖

企业环境容量内容还包括资源容量，包括自然资源、产业基础、技术条件以及资本、人力等资源的供给情况，本节主要讨论前两个因素，其他因素在后面还要讨论。发展空间意味着企业成长的机会，资源支撑则意味着企业有成长的可能。

资源进口支撑了中国经济的成长

中国是资源大国，但按人均计、按发展需要计，中国的资源并不丰富（见表2-8）。中国资源的大致情况如下。

中国能源资源特点是：煤炭丰富，水力资源比较丰富但主要在西部，石油和天然气资源国内不足，需要进口（见表2-9）。1993年以前中国还是石油输出国，以后成为进口国，石油进口量迅速上升，进口量在1996年仅322万吨，2008年已达1.8亿吨，和国内产量持平。煤、天然气也有进口，但量不大，主要是基于煤种、地区的结构问题的调剂性进口。

表2-8　中国能源总量和结构

年份	一次能源生产量（万吨标准煤）	占能源生产总量的比重（%）				
		原煤	原油	天然气	水电	核电
1980	63 735	69.4	23.8	3.0	3.8	—
1990	103 922	74.2	19.0	2.0	4.8	—
2000	135 048	73.2	17.2	2.7	6.4	0.5
2008	261 210	76.6	10.7	4.1	7.5	0.9

资料来源：《中国能源统计年鉴2009》。

非能源矿产资源方面，主要的黑色和有色金属矿在国内产量不足，需要大量进口。粮食基本可以自给自足，但在一些年份也需进口。有些品种，如生产植物油、饲料不可缺少的大豆，中国需要大量进口。经济作物中，棉花进口量亦不小。

表2-9　重要资源类农产品、矿产资源和原油生产和进出口情况

（单位：万吨）

年份	小麦	稻米	大豆	棉花	铁矿	铜矿	原油
2000	9 964（1）	18 791（0.1）	2 010（8.9）	442（1）[2]	22 256（31）		16 300（43）
2005	9 745（3.6）	18 059（0.3）	2 157（123）	571（45）	42 049（66）	2 856（14）	18 135（70）
2008	11 246（0）	19 190（0.2）	1 650[1]（227）	749（28）	82 401（54）	2 891（18）	19 044（94）[2]

①来自中国粮油信息中心。

②（）外数字为产量，（）内数字为进口量相对产量的比例。

资料来源：《中国统计年鉴》。

基础产业和基础设施建设对企业发展的支撑不断增强

基础产业本身是大产业，是各类企业的发展基础，亦是一些企业的市场。基础产业通常本身就拥有一批大企业。

基础设施建设投资保持持续增长。 改革开放初期，中国全社会投资规模很小，基础产业和基础设施仍十分薄弱，国家利用有限资金加大了对重点行业的投入，集中力量建设了一批能源、交通等国家重点项目。20 世纪 90 年代至 21 世纪初，基础产业和基础设施投资迅速增长，1998 ~ 2002 年 5 年内共发行 6 600 亿元特别国债，用于基础产业和基础设施投资。这些资金主要用于农业、水利、交通、通信、城市基础设施、城乡电网改造、中央储备粮库等基础设施项目，另外有部分技改贴息资金用于一些基础产业的技术改造项目。这些资金的投入，带动了大量社会资本的进入，使基础产业和基础设施投资快速增长，从而进一步带动全社会投资和整体经济的稳定增长。十六次全国代表大会以来，国家一方面采取积极措施加大政府对基础产业和基础设施建设的投入，另一方面，鼓励外资和民营资本对基础产业和基础设施项目投资，使我国基础产业和基础设施水平又有了大幅提高。表 2-10 数据表明，在改革的第二个 10 年（实际是 12 年），基础设施投资为第一个 10 年的近 15 倍，2003年以后 5 年的投资又为前 12 年的 3 倍。

表 2-10　改革开放以来基础产业和基础设施基本建设投资情况

	1979 ~ 1989 年	1990 ~ 2002 年	2003 ~ 2008 年
累计完成投资（亿元）	5 479	80 249	246 770
年均增长（%）	10.7	26	24.5

资料来源：国家统计局。

我国基础产业和基础设施的生产能力和水平大幅提高。 能源生产、公路里程（尤其是高速公路）、民航、港口、邮政、电信（尤其是移动通信），各类基础设施及服务有十几倍、几十倍，甚至数百、数千倍的增长（见表 2-11），曾经"瓶颈"的基础产业生产能力和服务水平都有大幅提高，有力地支撑和带动其他产业发展。20 世纪 90 年代以来，中国通信及互联网行业发展很快，大幅提高了中国产业和企业的信息化水平，对企业内部管理及对外服务更有效率、再上台阶作用巨大。在这一过程中，这些产业也出现一批大企业、大设施，如通信业的中国移动、中国电信，船运业的中远，航空业的国航。中国的集装箱码头、客运机场规模都已居世界前列（见表2-12）。

表2-11 我国基础产业和基础设施增长情况

	1978 年	2008 年	变化情况
能源生产总量（万吨标准煤）	62 770	260 000	年均增长 4.9%
公路里程（万千米） 其中：高速公路	89.02	373.02 6.03	1988 年仅 100 千米
民用航班飞行机场（个）		152	比 1985 年 82 个增加 70 个
民用航空航线（条）		1 532	比 1990 年 437 条增加 1 095 条
沿海规模以上港口货物吞吐量（亿吨）		42.96	是 1980 年的 19.8 倍
邮电业务总量（亿元）	34.09	23 649.52	增长近 700 倍
固定电话年末用户（万户）	192.5	34 035.9	增长 170 倍
移动电话年末用户（万户）		64 124.5	1990 年为 1.8 万户，增长 3 500 倍

资料来源：国家统计局。

表2-12 全世界主要年份国际互联网用户统计

国家和地区（单位：个/千人）	2000 年	2005 年	2006 年	2007 年	2008 年
世界	67	162	186	213	
高收入国家	315	600	624	651	671
中等收入国家	18	89	117	147	
低收入国家	2	22	31	37	
中国	18	86	106	161	225

资料来源：世界银行 WDI 数据库，CNNIC《中国互联网络发展状况统计报告》。

企业技术基础增强

中国企业的技术基础日益增强。一是企业研发实力日益增强；二是国家科技基础日益增强，有利于形成支持企业技术进步环境；三是国家对企业技术创新的支持力度不断加大。企业研发实力增强的主要表现，一是企业技术创新体系逐渐形成。2008 年，国家认定的企业技术中心已有 575 家，省级企业技术中心达 4 886 家。国家认定企业技术中心 2008 年投入研发经费超过 1 000 亿元，企业新产品销售收入达 2.4 万亿元，企业的自主创新能力进一步提高。二是企业已是研发主角，企业科技经费已是中国科技经费的主要来源，从 1995 年的 305 亿元上升到 2008 年的 6 371 亿元（见表 2-13）。三是技术成果不断涌现，申请和授权专利数量逐年增加（见表 2-14）。

表 2-13　科技经费来源　　　　　（单位：亿元）

	1995 年	2000 年	2005 年	2006 年	2007 年	2008 年
政府资金	249	593	1 213	1 368	1 704	1 902
企业资金	305	1 296	3 440	4 107	5 189	6 371
金融机构贷款	127	196	277	374	384	405
其他	282	261	321	348	418	446

资料来源：根据历年《中国统计年鉴》整理。

表 2-14　专利申请授权数量　　　　　（单位：个）

	1995 年	2000 年	2005 年	2008 年
发明专利	1 530	6 177	20 705	46 590
实用新型专利	30 195	54 407	78 137	175 169
外观设计专利	9 523	34 652	72 777	130 647
三种专利合计	41 248	95 236	171 619	352 406

资料来源：根据历年《中国统计年鉴》整理。

改革开放以来中国相继出台了一系列科技计划，高新技术产业开发区建设得到推进。如高技术研究发展（863）计划、国家重点基础研究发展（973）计划、集中解决重大问题的科技攻关（支撑）计划、推动高技术产业化的火炬计划、面向农村的星火计划、支持基础研究重大项目的攀登计划、支持基础研究的国家自然科学基金、支持中小企业的科技型中小企业技术创新基金，等等。1988 年，国务院开始批准建立国家级高新技术产业开发区，目前高新技术园区和经济技术开发区已经成为我国高技术产业的重要集聚地，并将在经济发展中继续发挥辐射和带动作用（见表 2-15）。

表 2-15　国家级高新技术产业开发区发展情况

	1990 年	2008 年
开发区数量（个）	27	54
区内企业数（家）	1 600	52 000
从业人员（万人）	12.3	716.5
总收入（亿元）	76	65 985
总产值（亿元）	58	52 684

资料来源：国家统计局。

工业化进程加快，全球制造基地初步形成

改革开放之前，中国工业波浪前行。1949～1957 年，国民经济恢复和"一五"时期，中国工业生产迅速增长，建立了一系列新的工业部门，形成了独立的工业体系雏形，奠定了工业化的初步基础；1958～1965 年，"大跃进"和国民经济调整时期，重大比例关系严重失调，工业生产难以持续发展，后经过三年的综合治理，国民经济发展有所恢复；1966～1978 年，是工业经济大起大落的时期。

改革开放以来，工业化进程加快。独立的、比较完整的、有相当规模和较高技术水平的现代工业体系不断完善，实现了由工业化起步阶段到工业化初级阶段、再到工业化中期阶段的历史大跨越，推动我国发展成为世界经济发展引擎、全球的制造基地。我国在能源、冶金、化工、建材、机械设备、电子通信设备制造和交通运输设备制造及各种消费品等工业主要领域，已形成了庞大的生产能力。2008 年全部工业增加值达12.9 万亿元，比 1978 增长 25.4 倍（按可比价计算），年均增长 11.5%。中国工业已经居世界第二的规模。

工业主导地位显著加强，工业产品出口竞争力增强。2008 年，工业增加值占 GDP 的比重高达 42.9%，制造业产品是出口商品的主体，中国财政收入的近一半来自于工业；规模以上工业企业就业人数达 8 100 万。工业主要产品产量居世界前列，除钢、原煤、发电量外，彩色电视机、

电冰箱、空调器、微型计算机和手机等一大批新兴电子产品产量也呈迅猛扩张之势。目前，家电、皮革、家具、自行车、五金制品、电池、羽绒等行业已成为中国在全球具有比较优势、有一定国际竞争力的行业。轻工产品已出口到世界 200 多个国家和地区，在世界贸易量中占有极大的比重。

‖ 经济发展的影响：企业机遇和竞争的市场结构 ‖

中国企业发展空间的持续扩大和产业结构的迅速变化，对中国企业发展产生重要的影响：较快地出现一批大企业；各产业产生一批领先的企业；企业经营多元化程度相对较高；竞争十分激烈。本节讨论相关的两个专题，第一个专题讨论 30 年来中国经济发展的阶段性特点及带来的企业成长机会；第二个专题讨论中国产业集中度的问题，这是个在中国有较多争论的问题。

企业的发展机遇：不同阶段的特点及影响

1. 1979 ~ 1991 年：解决温饱阶段的企业发展机遇

改革开放以来是中国企业发展的黄金机遇期，在全国人民解决温饱、实现小康的每个阶段中，都孕育着企业家创业或企业增长、进入新产业和转型的发展机遇，企业拥有有利的发展空间（见表 2-16）。

表 2-16　改革开放以来主要经济指标变化

	1978 年	1991 年	2000 年	2008 年
农村居民人均纯收入（元）	134	709	2 253	4 761
农村居民人均生活消费支出（元）	116	620	1 670	3 661
农村居民恩格尔系数（%）	67.7	57.6	49.1	43.7
城镇居民人均可支配收入（元）	343	1 701	6 280	15 781
城镇居民人均生活消费支出（元）	311	1 454	4 998	11 243
城镇居民恩格尔系数（%）	57.5	53.8	39.4	37.9

资料来源：根据历年《中国统计年鉴》整理。

1979～1991年是新中国成立以来第一个超过10年始终以经济发展为中心的时期，亦是经济体制改革启动的时期。这个时期经济发展的基本特点是：经济发展虽有波折，但总体看来持续高速增长；通过农村改革、价格改革，以及发展生产，城乡居民收入水平开始较快增长；开始的五六年，主要是恢复发展紧缺的轻工业，以后开始发展新型耐用消费品，钢材等原材料的供应比较紧张，通信、道路投资开始上升；经济改革启动并逐渐深入。到1991年，城镇居民家庭恩格尔系数已小于60%，农村居民恩格尔系数仍然较高但改善显著，总体地看城乡居民生活已解决了温饱问题。

这一时期，企业发展机遇主要体现在四个方面。

一是传统的企业生产和经营得到迅速恢复和发展。随着国家政策重心转向经济建设，企业，主要是国有企业得以在相对稳定的政治、经济和社会环境中，专心从事生产和经营。由于城乡购买力回升，产品供不应求、处于卖方市场，企业不断扩大产能，并纷纷引进适应新市场的彩电、冰箱等耐用消费品生产线。

二是包括个体工商户、乡镇企业、外资企业在内的各类企业开始发展。在20世纪80年代初，中国开始以个体工商户方式允许个人创业和个人企业发展。起初是为了解决城市就业问题，国家开始允许个人创业，逐步放开私营经济。个体工商户投资小，先是主要集中于餐饮等传统服务业，逐步向服装等日用品流通以及加工领域发展。一些个体工商户诚信经营、把握市场机遇，慢慢具备企业雏形和进一步发展的潜力。以乡镇企业为重点的集体经济企业是这个时期开始较快发展的另一类企业。乡镇企业发展与当时的短缺有关，与已经存在的"社队工业"的基础有关，还由于农村改革初战告捷后，农产品供应丰富、大批农村劳动力得到解放，耕作之余的空闲时间大大增加的情况有关。此外在20世纪80年代初，中国还开始兴办外资企业的探索，当时主要利用外资企业用"三来一补"的方式创汇、生产和提供国内急需的少数产品和服务（包括招待外宾的酒店）。

三是在轻工产品领域，尤其是"新三大件"（电视、电冰箱、洗衣机）为新型轻工企业的发展提供了迅速发展的机会。电视、家电产业是这个时期的明星产业，全国出现大批电视、冰箱企业。

四是在20世纪80年代中期以后，随着基础设施的发展及技术进步加快，一些主要的基础产业和高新技术产业的企业获得了创业和发展机会。计算机、通信产业等高技术企业开始创业发展。紧缺的钢材供应使国家在继续推进宝钢等大项目的同时，允许地方乃至乡镇的钢铁企业的发展。

2. 1992～2000年：实现总体小康阶段的企业发展机遇

1992年后至21世纪初，经济体制改革迈出了重大步伐并取得了很大的进展和突破。经济也持续发展，到2000年全国小康生活水平实现程度达95.6%，城乡居民生活基本实现了总体小康。

这一时期，经济波动较大，企业的发展既有机遇，也遇到了前所未有的挑战，主要体现在以下四个方面。

一是传统国有企业面临严峻挑战，开始改革攻坚。20世纪90年代是国有企业最困难的时期，也是国家下决心推进国有企业改革的时期。这个时期国有企业改革和技术改造取得重要战果：通过90年代中期的探索和1998～2000年"三年脱困"时期，许多重要的国有企业成功改制、转型，为当时及以后的发展奠定了制度基础；电信、石油石化产业以打破垄断及改进经营组织体系为重点的"垄断改革"、金融业及航空服务业的改革，奠定了这些大企业进入21世纪后发展的基础；在推进改革时始终支持一批重点企业的技术改造和发展。

二是短缺经济的结束，消费多元化发展及乡镇企业、外资企业的发展，强化了中国产业发展的竞争机制和升级进程。随着短缺经济结束、绝大多数产品进入买方市场，市场竞争日趋激烈，"价格战"此起彼伏，把握结构升级机遇成为企业发展至关重要的影响因素。首先是城乡居民收入提高、恩格尔系数下降带来的消费结构升级，不断出现许多消费热点；其次是同类产品中档次提高、功能增强的产品升级和服务水平的提升。新兴企业由小到大、有所积累，面临"二次创业"机遇，亦面临激烈竞争。

三是技术进步加快和产业结构孕育重大的变化。20 世纪 90 年代中期以后，信息化对中国影响日益重要，IT 电子产业是这个时期开始崭露头角的新明星产业，到 2000 年，通信设备、计算机及其他电子产品已成为工业部门位居第一的最大行业。房屋商品化步伐已初见端倪，1995 年住宅商品化比例已达 23%。

四是 20 世纪 90 年代中后期体制改革加快，促进了新的产业和企业的发展。90 年代中期一些高技术企业开始探索用股权激励创业，1998 年以后允许私人企业上市，国有企业改制上市及"分流重组"步伐加快，这是对企业创业、发展最重要的激励。

3. 2001 年之后：全面建设小康阶段的企业发展机遇

进入 21 世纪，逐步减免农业税、实行粮食直补等一系列前所未有的惠农举措，提高了农民的生产积极性，使农民特别是种粮农民真正得到了实惠，促进了农民收入的增加。这一时期，分配制度的改革进一步推进，各级政府切实落实各项增收措施，促使效益好的企业纷纷增加职工工资及奖金、福利补贴；工资制度改革使机关事业单位职工工资明显提高，城镇居民收入有了较快的增长。这一时期，城乡居民收入快速增长，收入来源渠道更加多元化，收入结构明显优化，居民的钱袋更加殷实；消费内容更加丰富、消费质量全面提高，住房条件明显改善。

这一时期，企业发展面临前所未有的机遇。

一是经济增长进入上升通道，国内外市场需求旺盛，几乎所有产业都获得增长。IT 电子、机电、服装等国际化程度高的产业靠外需拉动和持续的能力提升已成为具有国际竞争力的优势产业；国内消费结构不断升级，价值量高的轿车、住房成为持久不衰的消费热点，带动基础设施以及钢铁、建材等产业发展，重化工业进入快速增长期；基于国内庞大的人口基数，通信、互联网等新兴产业以及加盟连锁、网络营销等新业态蓬勃发展。先是 IT 电子，后是汽车、钢铁、房地产，都先后成为这个时期的明星产业。

二是企业资源条件得到充分改善。资本市场日益开放，企业金融资源不断丰富。海内外人力资源具备高度流动性，各类企业基本上都能自主配置人力资源，人力资源素质不断提高，成本具备比较优势。企业装备水平和技术创新能力大幅提高，跨国产业转移层次也在不断提升。以移动通信和宽带互联网为代表的新一轮信息化浪潮，为企业发展带来前所未有的便利条件。

三是20世纪90年代改革的成果充分显现。主要表现在三个方面：一批国有企业开始较快较健康地发展；一批高新技术企业开始成长为有一定国际竞争力的大企业；一批民营企业（包括改制而成的）不断壮大、逐渐成熟。

4.不同发展阶段带给企业的机会

三个阶段都有相应的快速成长的明星产业，这是中国经济结构较快演进、不断升级的重要表现。由于中国企业不是靠自己开发的独门技术发展，不可能数年或更长时期只有独家或少数企业领先，而是少数企业进入"试水"，一旦市场成熟，众多企业立即快速进入，爆炸式增长的明星产业就会迅速出现。由于中国市场较大，这些明星产业的优秀企业通常会有10年以上持续成长期，因此每个时期都会有一批企业随着明星产业的诞生较快发展，而且其中的优秀者会持续成长最终成为规模较大的领先企业（见表2-17）。

表2-17 若干产品高速和较高速成长时期

时间	高速期	较高速期
1978～1990年	电冰箱（53%），彩电（93%）	布（5%），手表（16%）
1991～2000年	移动电话（104%），PC机（55%），手表（53%），轿车（33%）	彩电（14%），水泥（11%），汽车（15%）
2001～2009年	汽车（33%），粗钢（18%），布（12%），水泥（12%），轿车（32%），移动电话（32%），PC机（44%）	

说明：以年均增长速度划分产业成长期，高速期是增长速度高的时期，较高速期次之，平稳期速度更低；其中移动电话根据1995～2000年数据计算；（）内数据为产品在该时期的年均增长速度。

资料来源：根据《中国统计年鉴》数据，详见附表2-1。

表2-17用各时期产品的年均增长率判断其在不同时期的成长特征。从该表可以看出：各时期都有处于高速成长期的明星产品（或产业），20世

纪 80 年代是电冰箱、彩电及速度稍次的纺织品和手表；20 世纪 90 年代是移动电话、PC 机和轿车，其次是彩电、汽车和水泥；2000 年以后是粗钢、水泥和汽车，其次是轿车、移动电话和 PC 机。一些产品高速和较高速成长期较长，可以跨两个时期。有些产品，如布的成长速度经历了高、低、高的变化，这与消费模式的变化有关，即 21 世纪以后，中国人均服装产量及服装出口大幅增加。轿车在 20 世纪 90 年代年均速度高，则与当时基数太小有关（轿车产量 1990 年、2000 年分别只有 4 万、61 万辆，而 2009 年高达 749 万辆）。一些产品，如彩电虽然发展减速，但速度一直不低，重要原因是由于电视平板化，彩电在 2000 年以后又开始以较高速度发展。

表 2-18 则表明，在各个时期都有一批明星产业的明星企业产生。海尔、联想、华为诞生于 20 世纪 80 年代，并且一直在业内领先发展。宝钢、中石油、万科，诞生于 20 世纪 80 年代或更早，但高速成长于 21 世纪。中国移动、华能、工商银行长期持续发展，但经过数次重大体制调整。

表 2-18　若干企业资料汇集

企业名称	主业及其他业务	所有制	成立时间	业界和 500 强地位	收入（亿元）
宝钢	钢铁/金属品、矿山、设备、工厂	国有/上市	1978 年	产量中国第 2，世界 500 强第 276，中国 500 强第 23	1 953
海尔	白家电/黑家电、IT、家居、房地产	集体/上市	1984 年	白家电中国第 1，世界领先，中国 500 强第 47	1 249
中国工商银行	银行	国有/上市	1983 年（独立）/2005 年（上市）	中国最大银行，世界 500 强第 87，中国 500 强第 5	4 734
华为	通信	私营	1988 年	无线通信世界第 2，中国 500 强第 31	1 493
联想	计算机	国有相对控股/上市	1984 年	PC 机全球第 4，中国 500 强第 55	1 063
万科	房地产	混合所有制/上市	1984 年	中国房地产第 1，中国 500 强第 129	488
中石油	石油、石油加工/设备	国有/上市	1998 年（重组）	中国业内第 1，世界领先，世界 500 强第 10，中国 500 强第 1	12 183

（续）

企业名称	主业及其他业务	所有制	产生时间	业界和500强地位	收入（亿元）
中石化	石油、石化	国有/上市	1998年（重组）	中国业内第2，世界领先，世界500强第7，中国500强第3	13 920
中国移动	无线通信	国有/上市	1998年（改组）	中国第1，世界领先，世界500强第77，中国500强第4	4 901
国家电网	电力输送/其他	国有	2002年（改组）	世界最大电网，世界500强第8，中国500强第2	12 603
华能	发电/其他	国有/上市	2002年（改组）	中国最大电力公司，世界500强第313，中国500强第25	1 777
东风汽车	汽车及零部件	国有/合资	2002年重大改组（主要资产与日产合并）	销售额中国最大，世界500强第182，中国500强第13	2 691

资料来源：2010年中企联发布的中国企业500强，《财富》世界500强。

竞争的市场结构：中国产业集中度及其影响

集中度，包括生产集中度和市场集中度，是反映市场结构，或市场竞争程度的基本指标。集中度的高低，与产业的技术经济组织状况、一国产业的平均规模及制度背景有关，还与产业发展情况有关。当产业快速发展时，产业内若无大企业，集中度通常会下降甚至下降较快，反之集中度不会下降或下降幅度小。因此集中度水平的高低及变化，可以反映产业的竞争程度，同时反映产业内有无已比较成熟的大企业的状况。

30年来中国产业集中度有以下基本特点。

第一，中国产业的集中程度一般低于世界大国的水平。这与中国市场规模较大有关（一般大国集中度低），亦与较长时期中国企业缺乏大企业有关，当然也与体制政策有关。这种状况（见表2-19），有利于中国企业提升竞争力，竞争发展，但对于发展投入大、积累不足的产业，亦存在不利于发展的负面影响。

第二，改革开放初期，逆集中化的情况较多。在 20 世纪 80 年代前半期，中国工业特别是制造业的集中度总体看在不断下降，这种趋势一直持续到 20 世纪 80 年代中后期。从一般集中度来看，根据国家统计局提供的数据，1985 年中国 100 家最大工业企业按销售收入计算的集中率为 14%，1990 年该指标下降到了 12%。从行业集中度来看，在 20 世纪 80 年代前半期，我国工业行业的集中度总体也在不断下降。在 1980～1985 年，按独立核算企业口径计算的全国 523 个工业小行业中，前 4 位企业产值集中率（CR4）由 22.6% 下降到 18.8%，而前 8 位企业产值集中率（CR8）由 32.3% 下降到 27.4%，分别下降了 3.8 个和 4.9 个百分点。分行业类型看，矿产品和原材料工业下降的幅度要大于中间品和投资品工业，耐用消费品工业下降的幅度要大于非耐用消费品工业。

第三，一些产业集中度开始上升，先行发展行业集中度提高，后行发展行业集中度往往仍在下降或不升。先行增长的行业，如家电，在市场增长放缓后，竞争激烈、兼并频繁、退出增加，集中度有所提高；后行发展的行业，如近 10 年才开始高速成长的汽车、钢铁业，市场仍处于高增长期，尽管领先企业规模不断扩张，但新进入者不断增加，市场增长和资源支撑也利于后进企业发展，市场集中度仍未有提高。

第四，存在一些产业，如电网、石油石化、电信、航空等，主要由于政府进入限制严，以及产业某些环节的自然垄断特点，产业集中度一直较高，或者属于巨头寡占型。

中国产业集中度相对较低，与中国经济多数产业有长达 10 年以上的快速和较快成长机会，进入企业众多的情况有关。还与中国市场规模大及差异性大有密切关系，即使市场或产业成长减速，集中度趋于稳定甚至上升，但由于业内企业较多，集中度一般仍低于国外。由此带来两个特点：竞争激励有利于提升能力；集中度较低有利于企业进入。因此企业多元化程度较高，甚至出现"什么热干什么"的情况。

表 2-19　中国、日本、美国若干产业集中度（CR4（%））

	冰箱	啤酒	棉花	涤纶	钢	水泥	建筑	玻璃	氮肥	内燃机	机床	汽车	电话
中国 （1988 年）		10.2	2.8	51.2	32.5	2.5	25.6	9.3	16.24 （CR3）	10.5 （1985 年）	55.8	19.8	26.1
日本 （1980 年）		98.9	28.0		65.0	46	100	76.9	60.1 （尿素）		63.7	59.2	73.3
美国 （1982 年）		64.0	44.0	78.0		24.0	90.0	34.0		22.0			82.0

　　说明：中国为产值集中度，美国、日本为生产集中度。

　　资料来源：陈小洪等计算整理，见陈小洪、全月婷等（1991 年）。

1. 家电业市场结构的变化：由高度分散到适度集中

我国家电工业起步于 20 世纪 50 年代，发展缓慢，不能满足需求。改革开放后引进技术设备，结合劳动力和市场优势，产业迅速发展，市场结构极度分散。20 世纪 80 年代初期，引进电冰箱生产线 60 多条，年生产能力超过 1 500 万台；引进彩电生产线 113 条，年装配能力达到 2 000 多万台；家电生产企业由改革初期的不到 20 家增长到 20 世纪 80 年代末的 200 多家。

20 世纪 90 年代初期，经济进入调整期、增长放缓，家电市场供过于求，家电企业展开"价格战"，兼并增加，一批弱势企业退出市场。20 世纪 90 年代中后期，家电趋于普及，市场进入以更新换代为主的缓慢增长期，薄利乃至微利经营，竞争更加激烈。市场主体明显减少，1988 年全国共有电冰箱生产企业 114 家，1992 年锐减为 72 家，1994 年再减至 50 家，1995 年以后生产企业数基本稳定，市场集中度继续提高，到 2000 年时家电行业寡占型市场结构开始形成（见表 2-20）。2004 年，彩电、冰箱、洗衣机、微波炉、

表 2-20　彩电企业数量和生产规模情况

	1995 年	2000 年	2005 年
企业数（家）	90	79	46
产量（万台）	1 921	3 843	8 283
企业平均产量（万台）	21.3	48.6	180.1
产能（万台）	3 683	7 447	27 760
企业平均产能（万台）	40.9	94.3	603.5

　　资料来源：《中国电子工业年鉴》1996 年、2001 年，《中国电子信息统计年鉴（综合篇）》2005 年。

电磁炉、电暖器、电动剃须刀等商品前 10 位品牌市场综合占有率超过 80%。2005 年，家用电冰箱销量排名前 10 位品牌的市场综合占有率总和为 86.8%，空调市场前 4 强的占有率达到了 54%。尽管有所提高，但仍低于日本、美国的水平。

2. 汽车市场结构的变化：集中度下降、稳定和波动

改革开放之后，受益于国内需求拉动，汽车产销量持续高速增长。尤其是由温饱转入小康以来，汽车进入家庭的比例至今仍保持高速增长。伴随市场高速增长，市场集中度不断变化，先后出现下降、稳定和波动三个阶段（见表 2-21）。改革开放初期，我国汽车行业保持计划经济形成的行政性垄断，集中度较高。随着 20 世纪 80 年代中期前后开始引进外资和引进技术，集中度迅速下降，CR4 由 1981 年的 69.4% 下降到 1987 年的 37.0%。以后由于"3 大 3 小"合资轿车企业的发展，集中度开始上升，CR4 在 1992 年上升到 50.4%。1994 年我国颁布了《汽车工业产业政策》，明确将延续 20 世纪 80 年代后的政策，对新设立的轿车厂商进行严格的审批控制，这期间仅批准设立几家企业生产轿车，市场集中度 CR4 在 20 世纪 90 年代一直保持在 50% 的水平。2001 年由于部分企业较快发展，CR4 由前一年的 51% 上升到 56.9%。以后由于汽车，特别是轿车市场的迅速扩大，已进入和新进入的少数轿车企业（主要企业有 10 多家）的快速成长，2001～2008 年，中国汽车产量从 234 万辆上升到 935 万辆，增长了 3 倍多，但 CR4 基本未变。可以这样认为，如果中国不对行业进入严格管制，估计中国汽车行业集中度 CR4 还有可能下降。与美、日相比，中国汽车的 CR4 值较低。

表 2-21　汽车产量及市场集中度的变化

年份	1981	1992	2000	2005	2006	2007	2008
产量（万辆）	18	106	207	571	728	888	935
CR4（%）	69.4	50.4	51	56.6	55.9	56.7	57.9

资料来源：产量见《中国汽车工业年鉴》；集中度数据，1999 年及以前见吴定玉、张治觉（2004 年），以后见《中国企业产业发展报告（2009 年）》，135。

附表 2-1　若干年各行业工业产值、比重和排行

行业	2008年 产值(亿元)	比重%	排名	2000年 产值(亿元)	比重%	排名	1990年 产值(亿元)	比重%	排名	1985年 行业	产值(亿元)	比重%	排名
全国总计	507 448.3			85 673.66			18 689.2				8 393.08		
煤炭开采和洗选业	14 625.92	2.88		1 276.81	1.49		457.53	2.45		煤炭采选业	222.75	2.7	
石油和天然气开采业	10 615.96	2.09		3 130.11	3.65		427.2	2.29		石油和天然气开采业	215.13	2.6	
黑色金属矿采选业	3 760.65	0.74		164.86	0.19		36.99	0.20		黑色金属矿采选业	17.36	0.2	
有色金属矿采选业	2 727.84	0.54		405.36	0.47		103.11	0.55		有色金属矿采选业	37.03	0.4	
非金属矿采选业	1 869.49	0.37		356.94	0.42		128.77	0.69		建筑材料及其他非金属矿采选业	33.35	0.4	
其他采矿业	10.35	0.00			0.00			0.00		采盐业	18.54	0.2	
木材及竹材采运业		0.00		121.09	0.14		92.07	0.49		木材及竹材采运业	56.53	0.7	
农副食品加工业和食品制造业	31 633.91	6.23	6	5 165.22	6.03	5	1 265.84	6.77	5				
农副食品加工业	23 917.37			3 722.70				0.00		饲料工业	24.87	0.3	
食品制造业	7 716.54			1 442.52			1 265.84			食品制造业	632.91	7.5	3
饮料制造业	6 250.46	1.23		1 752.37	2.05		384.97	2.06		饮料制造业	149.91	1.8	
烟草制品业	4 488.87	0.88		1 451.29	1.69		511.99	2.74		烟草加工业	202.26	2.4	
纺织业	21 393.12	4.22	10	5 149.30	6.01	6	2 291.08	12.26	1	纺织业	1 056.44	12.6	1
纺织服装、鞋、帽制造业	9 435.76	1.86		2 291.16	2.67		414.64	2.22		缝纫业	171.78	2.0	
皮革、毛皮、羽毛(绒)及其制品业	5 871.43	1.16		1 345.17	1.57		199.11	1.07		皮革、毛皮、羽绒及其制品业	84.09	1.0	

行业（一）	数值1	%	位次	数值2	%	位次	数值3	%	位次	行业（二）	数值4	%	位次
木材加工及木、藤、棕、草制品业	4 803.6	0.95		656.77	0.77		103.23	0.55		木材加工及竹、藤、棕、草制品业	56.74	0.7	
家具制造业	3 072.8	0.61		370.18	0.43		81.37	0.44		家具制造业	47.35	0.6	
造纸及纸制品业	7 873.87	1.55		1 590.36	1.86		388.71	2.08		造纸及纸制品业	153.86	1.8	
印刷业和记录媒介的复制	2 685.01	0.53		616.71	0.72		173.39	0.93		印刷业	84.04	1.0	
文教体育用品制造业	2 498.39	0.49		617.94	0.72		90.11	0.48		文教体育用品制造业	37.65	0.4	
石油加工、炼焦及核燃料加工业	22 628.68	4.46		4 429.19	5.17	10	573.22	3.07		石油加工业	255.98	3.0	10
										炼焦、煤气及煤制品业	25.44	0.3	
化学原料及化学制品制造业	33 955.07	6.69	4	5 749.02	6.71	2	1 492.01	7.98	3	化学工业	564.85	6.7	4
医药制造业	7 874.98	1.55		1 781.37	2.08		356.14	1.91		医药工业	127.28	1.5	
化学纤维制造业	3 970.16	0.78		1 243.07	1.45		272.42	1.46		化学纤维工业	79.3	0.9	
橡胶制品业	4 228.61	0.83		812.70	0.95		284.9	1.52		橡胶制品工业	138.13	1.6	
塑料制品业	9 897.17	1.95		1 899.70	2.22		349.82	1.87		塑料制品业	141.19	1.7	
非金属矿物制品业	20 943.45	4.13		3 692.85	4.31		890.57	4.77	6	建筑材料及其他非金属矿物制品业	422.7	5.0	6
黑色金属冶炼及压延加工业	44 727.96	8.81	1	4 732.90	5.52	8	1 298.78	6.95	4	黑色金属冶炼及压延加工业	542.56	6.5	5

（续）

行业	2008年 产值（亿元）	2008年 比重%	2008年 排名	2000年 产值（亿元）	2000年 比重%	2000年 排名	1990年 产值（亿元）	1990年 比重%	1990年 排名	1985年 行业	1985年 产值（亿元）	1985年 比重%	1985年 排名
有色金属冶炼及延加工业	20 948.74	4.13		2 180.23	2.54		509.46	2.73		有色金属冶炼及压延加工业	196.63	2.3	
金属制品业	15 029.61	2.96		2 539.76	2.96		522.57	2.80		金属制品业	233.63	2.8	
机械设备制造业	39 208.86	7.73	3	5 239.57	6.12	4	1 674.05	8.96	2	机械工业	935.27	11.1	2
通用设备制造业	24 687.56	4.87		3 046.95	3.56			0.00					
专用设备制造业	14 521.3	2.86		2 192.63	2.56			0.00					
交通运输设备制造业	33 395.28	6.58	5	5 364.83	6.26	3	713.87	3.82	8	交通运输设备制造业	380.11	4.5	7
电气机械及器材制造业	30 428.84	6.00	7	4 834.68	5.64	7	797.09	4.26	7	电气机械及器材制造业	355.28	4.2	8
通信设备、计算机及其他电子设备制造业	43 902.82	8.65	2	7 549.58	8.81	1	584.19	3.13	10	电子及通信设备制造业	243.91	2.9	
仪器仪表及其他文化、办公用机械制造业	4 984.49	0.98		867.91	1.01		110.12	0.59		仪器仪表及其他计量器具制造业	69.56	0.8	
工艺品及其他制造业	4 088.63	0.81			0.00		190.93	1.02		工艺美术品制造业	79.54	0.9	
废弃资源和废旧材料回收加工业	1 137.79	0.22			0.00			0.00				0.0	
电力、热力的生产和供应业	30 060.51	5.92	8	4 611.39	5.38	9	676.63	3.62	9	电力、蒸汽、热水的生产和供应业	293.21	3.5	9
燃气生产和供应业	1 506.55	0.30		170.30	0.20		71.35	0.38				0.0	
水的生产和供应业	912.62	0.18		325.53	0.38		45.32	0.24		自来水的生产和供应业	19.23	0.2	

资料来源：根据《中国统计年鉴》计算。

附表 2-2　若干产品产量的 1978～2009 年的年均增长率

序号	产品	年均增长率（%）			
		1978～1990 年	1991～2000 年	2001～2009 年	1978～2009 年
1	布	0.05	0.04	0.12	0.06
2	家用电冰箱	0.53	0.11	0.19	0.28
3	汽车	0.11	0.15	0.23	0.16
	其中：轿车	0.21	0.33	0.32	0.28
4	水泥	0.10	0.11	0.12	0.11
5	粗钢	0.06	0.07	0.18	0.10
	钢材	0.07	0.10	0.20	0.12
6	表	0.16	0.19		0.17
	其中：手表	0.16	0.53		0.25
7	电视机	0.39	0.04		0.25
	其中：彩电	0.93	0.14	0.11	0.39
8	移动电话		1.04	0.32	0.54
9	微型计算机	0.18	0.55	0.44	0.44

资料来源：根据《中国统计年鉴》整理。

第 3 章

经济体制改革及其对企业的影响

本章介绍中国经济体制改革的基本情况，讨论改革对企业发展的影响[⊖]。第一节首先介绍经济体制改革的进程及其对国民经济的影响；第二节主要讨论市场化改革的情况；第三节主要讨论国有企业改革的情况；第四节将以中国资本市场发展及其对中国企业发展的影响为例，讨论体制环境与企业发展的互动关系。

市场化改革与企业竞争主体地位的形成

经济体制改革的总体进程和市场体系的建立

中国经济体制改革是上下互动渐进推进的，但受传统计划经济体制的影响，由上而下的影响似乎更明显，尤其是在改革启动之时。可以用市场化改革的概念说明 30 年中国经济体制的改革的方向和进程。市场化改革进程的基本脉络大体反映在党的四个"三中全会"上。1978 年，党的十一届三中全会没有明确改革的具体方向，但是开启了改革的进程，因为会议决定要按照调动各方面积极性的方向搞活经济；1984 年，党的十二届三中全会通过《中共中央关于经济体制改革的决定》，提出

⊖ 国务院发展研究中心张玉台主任主编的《崛起的足迹》丛书（中国发展出版社，2008年），系统地总结了中国经济体制改革 30 年的情况。关于企业改革，丛书之一，陈清泰主编、吴敬琏和蒋黔贵副主编的《重塑企业制度》和任兴洲主编的《建立市场体系——30 年市场进程》对撰写本章有重要参考价值。

"有计划的商品经济"，这个提法的出台，实际上明示党的高层在按市场化方向改革方面已有基本共识，尽管对商品经济是否等于市场经济仍有不同的政治和理论解读；1993 年，党的十四届三中全会通过《中共中央关于建立社会主义市场经济体制若干问题的决定》，提出改革的目标是建立"社会主义市场经济"体制，这表明市场化改革方向在党的高层、在全国已达成共识；2003 年，党的十六届三中全会通过《中共中央关于完善社会主义市场经济体制若干问题的决定》，改革进入全面完善和深化的新阶段，决定坚持建立社会主义市场经济改革的方向，同时针对存在的问题提出"科学发展观"的要求，这表明市场化改革已取得重大成果，同时表明还要重视解决市场化进程中带来的问题。四个"三中全会"，在不同的历史时期提出了改革的基本思路，逐步明确了中国经济体制改革的市场化方向、目标及相应的任务。

中国经济体制改革的第一个特点是，总体地看它是渐进推进的，但每一个阶段又有不同的特点。改革首先发轫于农村和有限的试点城市，以后范围不断扩大，逐步向社会领域全面推开。改革初期及 20 世纪 80 年代，主要启动了农村改革、国有企业改革、价格改革、财政改革、流通体制改革，其中价格改革和国有企业改革是重点；20 世纪 90 年代，主要开展了以建立现代企业制度为重点的全面的企业改革，还先后启动了财税体制改革、外汇管理体制改革、投融资体制改革、国有银行改革、垄断行业改革、科研体制改革，以及与社会保障相关的养老、医疗、住房、教育等事业改革；进入新世纪，改革一方面在新的领域启动，如国有商业银行股份制改造、文化事业单位改革等，另一方面开始按"科学发展观"纵深发展，不断完善各个领域的改革措施，统筹协调处理各种复杂关系和长期积累的深层次矛盾。各项改革进程不一，有的已基本完成，有的还在继续深化，有的改革在基本完成或在推进中又启动了相关领域的改革。改革对企业的影响，既让企业获得了发展的新机遇，又让企业必须调整自己以适应环境的变化过程。渐进式改革在许多领域或在一定阶段的做法是实行多个方面的"双轨制"。企业要把握改革的方向，又要努力适应转轨过程中各种不确定的、模糊的规则及其变化。

中国经济体制改革的第二个特点是改革有三个始终坚持的主题。这三个主题是建立商品和要素的市场体系；企业改革；建立相应的宏观或者说公共政策管理体系。市场体系改革最早启动是符合逻辑的，因为没有市场，企业改革就没有方向，很难推进。经过 30 年的改革和建设，中国的多层次的商品和要素市场体系已经形成，其表现是：靠市场形成商品价格的机制已经形成，市场机制和功能作用得到发挥，市场组织形式和营销方式不断创新，市场竞争性和有序性不断提高，市场宏观调控体系逐步建立和完善，商品市场主体结构进一步优化；市场配置要素资源的功能不断增强，部分要素由市场决定价格的机制基本形成，要素市场改革不断深化，开放程度不断提高，中介服务组织快速发展，法规制度体系基本形成。

本节将主要从商品市场和要素市场的角度，描述中国市场化的进程及其对企业的相应影响。后面章节主要讨论企业的改革问题。

商品市场改革与企业市场竞争主体地位的确立

1. 价格改革

发展商品市场的改革是以价格改革为中心的。还有些改革也很重要，因为它推动市场的形成，调整相应利益关系，配套价格改革。

市场机制是企业自主经营的机制实际上就是价格机制，或者叫市场定价的机制，即通过市场价格激励企业配置资源的机制。价格改革是改革开放初期最重要、最关键的改革内容之一，它既是对传统计划定价体制的改革，同时也是对企业自主经营主体地位的认可，其过程十分曲折，大体经历了调价、"双轨制"和并轨三个阶段。受制于当时的体制和认识，价格改革初期主要是调整计划经济体制下的价格结构，即用计划手段解决价格扭曲问题。1979 年提高部分农副产品收购价格和部分副食品、消费品的销售价格，1981 年提高烟酒价格，1982 年放开 160 种小商品价格。调价的最大意义在于它表明了价格的重要性，价格放开使相应的商品丰富了，必须价格改革的共识开始形成。但是，价格结构调整永远不可能调到"合理"水平，必须改革价格形成机制，真正反映市场供求。在试点企业实际上已有小范围价格双轨制经验的基础上，1984年中国政府开始引入计划价格和市场价格并存的"双轨制"，开始真正冲破计划体制，形成市场定价、企业自主定价机制。"双轨制"调动了增量改革的积极性，但也产生了大批"官倒"，引起社会不满。1988年，在高通胀的情况下，"价格闯关"试图实现双轨并轨未能取得成功，随后价格控制又有所加强，但放开的价格并未收回去。1992年市场化改革方向确立后，经济市场化步伐加快，绝大部分工业品价格相继放开。表3-1表明，政府定价比重在1978～1988年间已从几乎"一统江山"下降到"半壁江山"的地位，到1992年更下降到很次要的地位。1993年以后，除了电力、通信、石油等少数产品由政府定价外，绝大多数产品价格已完全放开，由市场调节，价格由"双轨"价基本变为单一的市场价，商品价格体系基本建立，商品市场基本形成。

表3-1 1978年以来三种定价形式比重变化（%）

类别	价格形式	1978年	1988年	1992年	1997年	2006年
社会消费品零售额	政府定价	97	47	5.9	5.5	2.8
	政府指导价	0	19	1.1	1.3	1.9
	市场调节价	3	34	93	93.2	95.3
农产品收购总额	政府定价	92.2	37	12.5	16.1	1.2
	政府指导价	2.2	23	5.7	3.4	1.7
	市场调节价	5.6	40	81.8	80.5	97.1
生产资料销售总额	政府定价	100	60	18.7	13.6	5.6
	政府指导价	0	0	7.5	4.8	2.3
	市场调节价	0	40	73.8	81.6	92.1

资料来源：廖英敏，中国商品价格改革30年，见任兴洲主编，建立市场体系——30年市场化改革进程，北京：中国发展出版社，2008.

价格改革对国内各类企业的发展及改革影响深远。传统计划经济体制下的国有企业开始直接面对市场信号，价格由市场供求决定，企业管理的重心开始由生产转向供销，"懂经营、会管理"的第一代企业家开始出现，并大显身手。在价格改革期间，中国乡镇企业发展进入黄金时期。因为乡镇企业是计划外产物，没有财政资金、计划指标、原材料供应和银行贷款，开始就按市场规则运行，是计划外价格的执行者，往往要通过支付比计划价格更高的价格从国有企业获得原材料供应，又能够以更有竞争力的价格占领市场。价格改革扩大了乡镇企业的发展空间。价格"双轨制"还产生了一大批贸易公司，这些贸易公司良莠不齐，不少随着"双轨制"的并轨而消亡，也有部分因为拥有卓越的企业领导人、善于把握战略机遇而成功实现了转型。价格改革深远的意义在于真正让企业直接竞争、优胜劣汰，"价格竞争"成为企业生存和发展最基本的能力。

2. 流通体制改革

市场交易需要交易的信息和渠道，建立信息和经销渠道需要成本。20 世纪 80 年代开始的流通体制改革，首要意义就在于它为建立和完善现代商品市场体系奠定了基础；其次，重要的是，它为工业企业市场主体地位的建立提供了重要的条件基础；第三，它用推进现有渠道改革的方式推进新系统的形成，有利于处理可能的利益冲突，平稳推进改革。改革开放之前，大多数农产品由国营部门统购统销，日用工业品实行"三级批发"和"三固定"的体制，即企业的产品必须严格地经过按行政层次设立的一、二、三级批发站到地方国营零售公司，才能销售，并且固定供应区域、固定供应对象、固定倒扣作价方式。改革初期，首先是集贸市场、城镇小商品批发市场得以恢复和发展；1984 年，鼓励广泛设置农产品批发市场，打破日用工业品三级批发体制，在所有城市建立日用工业品贸易中心；1990 年，成立了中国郑州粮食批发市场；1993年，十四届三中全会《关于建立社会主义市场经济体制若干问题的决定》指出，"改革现有的商品流通体系，进一步发展商品市场，在重要的产地、销地或集散地，建立大宗农产品、工业消费品和生产资料的批发市场"；1995 年，允许试办中外合资连锁商业企业；2003 年年底，根据加入 WTO 承诺我国对外资开放批发经营。进入新千年后，我国大型商品交易市场数量和交易额都保持持续快速发展态势（见表 3-2）。

表 3-2　亿元以上商品交易市场基本情况

年　份	市场数量 （个）	摊位数 （万个）	营业面积 （万平方米）	成交额（亿元）	
				批发	零售
2000	3 087	211	8 261.6	11 648.0	4 710.9
2002	3 258	219	10 313.2	15 450.9	4 389.2
2004	3 365	222	12 477.5	21 116.9	4 985.8
2006	3 876	252	18 072.3	29 679.9	7 457.5
2008	4 567	283	21 225.2	43 120.0	9 337.9

资料来源：中国统计年鉴，2009 年，表16-46。

流通体制改革不仅促进了传统商贸流通企业的转型，更为大批新兴企业发展创造了有利条件。一是为众多分散、规模较小、组织化程度较低的制造企业构建了适应性强的交易平台。改革初期集贸市场、长途货运、贸易货栈等流通渠道的迅速恢复，使市场迅速活跃起来，为释放需求信号、刺激产能增长创造了条件，尤其是为一些新兴经济组织的发展带来了机遇。中国特色的商品交易市场，在计划分配体系被打破、现代流通体系尚未形成之际，在衔接供需方面发挥了难以替代的积极作用，而且适应了"小企业、大市场"的基本国情，进而发展成为一种主要业态，通向国际市场。二是推进了中国新形态的大型商业、流通、交易服务企业和机构的发展（见表3-3）。国外商业百余年发展出的各种业态都在国内迅猛发展，超市、便利店、专业店、折扣店、仓储式超市、购物中心以及连锁、直销、电子商务等应有尽有，为消费者提供了更多选择，为各种类型企业提供了更多机会。在这样的背景下，阿里巴巴、苏宁、国美等新型商业服务机构不断发展。三是推进中国制造业和服务业专业化发展。现在许多制造业企业能有较好较快发展，就在于它能采取分销、外包等方式利用日益现代化的商业服务系统发展自身。

3. 其他领域的改革

在形成商品市场体系方面，除了价格和流通体制这两项基础性改革，还有一些领域的改革对中国市场的发展或市场化的进程有重要的影响。

表3-3　2009年中国十大连锁零售公司

序号	企业名称	销售额（亿元）	门店数（个）
1	百联集团有限公司	979	6 153
2	大商集团有限公司	705	160
3	华润万家有限公司	680	2 926
4	康成投资（中国）有限公司（大润发）	404	121
5	家乐福（中国）管理咨询服务有限公司	366	156
6	安徽省徽商集团有限公司	344	2 884
7	沃尔玛（中国）投资有限公司	340	175
8	物美控股集团有限公司	327	2 333
9	重庆商社（集团）有限公司	300	313
10	新合作商贸连锁集团有限公司	300	88 653

资料来源：中国连锁经营协会2009中国连锁百强榜（不包含电器连锁店）。

　　财税体制改革和调整对中国市场的发展有重要影响。中国财税体制改革，不仅是中国公共行政管理体制改革的重要部分，同时由于它的激励机制，对中国市场和企业的发展也有重要影响。改革分两大阶段：1980年开始实行中央与地方"划分收支、分级包干"的"分灶吃饭"体制，扩大地方财政权限；1994年实施"分税制"财政体制改革，理顺政府与企业、中央与地方两大基本利益关系，同时对税制进行重大改革，包括建立以增值税为主体的新流转税制，统一内资企业所得税，减并个人所得税等。第一阶段的"分灶吃饭"调动了地方经济发展的动力，发展经济、招商引资、改善投资环境开始成为地方政府的首要任务，在20世纪80年代，以产品"双轨制"为主要内容的经济协作开始发展，支持了市场搞活和价格改革，企业发展尤其是本地龙头企业发展受到充分重视并得到大力扶持。财政"分灶吃饭"体制，调动了地方发展的积极性，但也助长了地方"画地为牢"的倾向，不利于形成公平竞争、统一的全国市场。1994年"分灶吃饭"财政体制被"分税制"体制替代后，中央逐渐增加了防止地方差异扩大的财政实力，但明确给予地方的财权，仍使实力雄厚的一些地方能采取各种优惠政策更快发展。地区间竞争促进了市场和企业的发展，同时行政性的地区分割问题仍未从根本上解决。

基础设施服务产业的改革是 20 世纪 90 年代中期以后至今为止改革的重头戏。涉及的产业有电力、通信、石油等产业。这些产业的改革也被称为垄断产业改革。三个产业改革的基本路径都是，逐步引入竞争机制，企业开始股份化甚至上市，基本价格程度不同的开始市场化。三个产业改革的情况及进程有所不同。电力行业在 20 世纪 80 年代就开始吸引多方投资的合作办电试点，1998 年，开始电力行业政企分开的改革，2002 年，开始实施以"厂网分开、竞价上网、打破垄断、引入竞争"为主要内容的全面电力体制改革，即电网和电力企业分开，开始试行发电价竞争上网，明确电网价格按成本原则单独核算。目前电力业，发电的数量和服务竞争已比较充分，但在买方垄断、区域市场改革进程缓慢、电价实现审批制的情况下，上网和销售电价都未真正市场化。电信业的改革也是起步于 20 世纪 80 年代的，首先是允许地方投资电信，允许联合办通信及实行利润包干制，1994 年与当时的国家电信可以竞争的联通成立，中国移动电信业开始引入竞争。以后电信行业进行了多次重组，电信运营企业先是扩展到 6 家，又最终重组成 3 家有全部业务经营权的大公司，及众多增值电信服务公司，电信业竞争性的市场格局初步形成。电信价格至今尚未全面放开，但由于竞争和技术进步，价格呈下降趋势。中国石油业在 20 世纪八九十年代实行开采、炼制、零售、进出口由中石化、中石油、中化三家大公司和省石油公司分阶段独家垄断及国家定价的体制。1998 年中国石油业通过产业整体重组，组成中石油、中石化两家上下游全业务的综合性石油公司，开始引入竞争机制，中海油、中化等另外一些公司具有部分业务权，零售允许非国企经营。这是一种两寡头竞争体制，加上国家调价机制，竞争虽然开始，但价格竞争自然十分有限。

住房商品化改革促进房地产市场的形成及相关产业发展。20 世纪 80 年代初中国政府就逐步明确了住房商品化的发展方向，1988 年开始分期分批推行城镇住房制度改革，房地产企业由两年前的 400 多个迅速发展到 3 140 个。1998 年中国开始全面推进住房改革，推行住房商品化和住房社会保障相结合的新制度，包括停止住房实物分配、推行住房分类供应、发展商品房、推行住房公积金、发展住房金融、加强住房物业管理等重大改革措施。十几年来，中国住房改革成绩巨大，一是推动了中国商品房的发展，目前商品房占住宅的比例，按施工面积计算，已从1995年的23%上升到2008年的61%（见表3-4）；二是中国城镇人均住房建筑面积大幅改善，已由1995年的17平方米增至2008年的28平方米，人均居住条件的改善，亦推动了经济的增长；三是推动了土地使用权的市场化，早期商品房住地是协议定价，以后改为"招标、拍卖"，商品房住地开始市场化；四是推动了房地产及相关产业，如钢材、建筑、安居及有关服务业的发展。

表3-4　房地产中商品房的比重

年份	施工面积			竣工面积		
	施工房屋面积（亿平方米）	住宅占房屋比例（%）	商品房占住宅比例（%）	竣工房屋面积（万平方米）	住宅占房屋比例（%）	商品房占住宅比例（%）
1985	14.9			12.2	75	
1990	13.7			10.8	80	
1995	21.5	65	23	14.6	74	11
2000	26.5	68	28	18.2	74	15
2005	43.1	56	54	22.8	58	33
2006	46.3	57	57	21.3	62	35
2007	54.9	58	59	23.8	61	34
2008	63.2	58	61	26.0	61	34

资料来源：《中国统计年鉴》。

要素市场改革与企业资源获取方式的转变

1. 劳动力市场改革

劳动就业制度改革是中国经济体制改革的重头戏。计划经济体制下的劳动就业体制，一是二元体制的结构，严格限制农民进城就业，在城镇实行统包统配就业制度；二是劳动力无法流动，企业职工不能随意流动，企业劳动用工计划必须得到政府批准。改革之初，首先逐步解除农村劳动力流动的约束，1983年开始允许农民从事农产品长途贩运和自销，1984年允许并鼓励农民到邻近小城镇打工，1988年在粮票制度尚未取消情况下允许农民自带口粮进入城市务工经商，农村剩余劳动力开始大规模向城镇转移。与此同时，城镇就业制度也开始变革，出现"双轨制"。1980年，为解决返城青年就业问题，开始推行"三结合"就业模式，即劳动部门介绍的就业、自愿组织的就业和自谋职业的就业相结合，在劳动力增量中打破了统包统配制度。国有企业的劳动就业制度亦开始改革，一是在新招收的工人中推行劳动合同制，开始实行"老人老办法、新人新办法"的"双轨制"；二是逐步引入新的劳动制度，打破了过去"工资能上不能下，干部能升不能降，职工能进不能出"的"三铁"制度。1994年《劳动法》颁布实施后，全国开始普遍实行劳动合同用工制度。从20世纪90年代中后期到21世纪前几年，大批国有企业职工下岗，估计十年有3 000万国企职工"下岗分流"，同时社会保障体系开始建立。改革带来巨大成果：农民可以进城务工，中国劳动力的巨大潜力得以释放；市场化用人制度逐步取代了原来计划体制和国有企业的"铁饭碗"，人力资源效率大幅上升；国有企业严重冗员的情况得以解决、机制得以转化，为近年国有企业竞争力的上升提供了重要的支持。

与劳动力素质紧密相关的教育体制也发生重大变革。"文化大革命"之后高考恢复，学校教材全面更新，教育系统恢复正常运行，全民兴起补文化、补学历的热潮。1985年确定教育改革的方向，把发展基础教育的责任交给地方，有步骤地实施九年义务教育，大力发展职业教育，改革教学、招生和毕业生分配制度。1993年开始全面推进教育管理体制、办学体制和投资体制改革。以后，随着劳动就业制度的改革，大学毕业开始取消国家分配。当前，教育如何与社会需要结合，既遵循"市场导向"又具有前瞻性，已成为企业和国家关心的重要问题。

劳动力市场改革的进程，在推动中国经济发展的同时，一是推动了中国就业的所有制结构的变化。改革初期城镇就业，除了政府和事业单位就业外，主要在国有和集体企业就业，而现在就业的主体是非国有企业（见表3-5）。二是由于在短时间内大量农民变为工人，给中国企业带来了低成本的竞争优势，亦带来了"双轨制管理"和"素质适应不够条件下管理"的复杂性和难度，对中国企业，这是机会亦是挑战。

表 3-5 劳动力的所有制结构（2008 年数据）

	总数（万人）	比例（%）				
		国有	集体	混合和私营	港澳台	外资
城乡企业	31 160	7.6	1.8	85.4	2.2	3.0
城乡企业和个体	36 936	6.4	1.5	87.6	1.8	2.6
城镇企业	12 929	18.4	4.4	64.7	5.3	7.3
城镇企业和个体	16 538	14.4	3.4	72.4	4.1	5.7

说明：国有、集体企业劳动力总数估算分别由国有部门和集体部门就业人数减去相应的事
　　　业单位和机关就业人数得出；企业为城镇的国有、集体、股份合作、联营、有限责
　　　任、股份有限、私营企业、港澳台商、外商投资企业和乡村的乡镇企业和私营企业
　　　的合计。表中的混合和私营包含城镇的股份合作、联营、有限责任、股份有限、私
　　　营企业和乡村的乡镇企业、私营企业。
资料来源：2009 年《中国统计年鉴》。

2. 金融资本市场改革和发展

改革以前，中国不存在金融市场，不存在资本市场。企业的投资和
生产资金都是根据计划由政府安排。在启动企业和市场改革的同时，中
国也开始了金融和资本市场的发展与改革。

首先是逐步构建各类商业化金融服务机构组织体系。这个体系包括
银行、保险、信托、金融租赁公司、财务公司等机构。在发展银行业方
面，1978 年人民银行从财政部独立；1979～1984 年，中国农业银行、中
国工商银行和中国银行从人民银行分离，中国建设银行从财政部分离；
1986～1996 年，一批股份制银行陆续成立，包括交通银行、中信实业银
行、招商银行、深圳发展银行、兴业银行、广东发展银行、光大银行、
华夏银行、上海浦东发展银行、海南发展银行和中国民生银行；1986～
1994 年，各地城市商业银行的前身城市信用社快速发展；1994 年，成立
三家政策性银行——国家开发银行、中国农业发展银行和中国进出口银
行，这是使商业银行真正商业化的重要举措；1996 年，农村信用社与农
业银行脱离；1997 年之后，银行体系不断进行改革和调整，尤其是 2003
年开始，国有商业银行在政策支持下开始加速股份制改造和上市的进程
（见表 3-6），中小商业银行加快重组，城市商业银行跨地经营，银行业
金融服务功能全面提升。

在发展保险业方面，1980 年恢复国内保险业务，成立中国人民保险公司；1986 年后，成立太平洋保险公司、平安保险公司等内资保险公司，美国友邦、日本东京海上等外资保险公司也获准开展业务，市场主体不断增多，市场竞争逐步提高。

在其他金融机构方面，1979 年中国国际信托投资公司成立，开展信托投资业务；1981 年中国国际信托投资公司出资成立中国租赁公司，专门从事现代融资租赁业务；1987 年东风汽车财务公司成立，为成员企业提供金融服务。

表 3-6　两家银行改制改组上市的有关情况

	新增资本金	上市发行	可疑贷款处置	损失贷款处置	重组后不良贷款率
建设银行	汇金 225 亿美元，大企业 80 亿元人民币	92 亿美元（H）	1 269 亿元[①]人民币	核销 569 亿元人民币	3.70%
中国银行	汇金 225 亿美元	112 亿美元（H）	1 498 亿元人民币	核销 1 424 亿元人民币	5.12%

① 50% 核销，50% 央行票据。

资料来源：根据陈道富（2008 年）。

大力发展资本市场。中国企业资本市场的出现始于改革的第一阶段。1982 年开始，少量企业开始向社会或企业内部集资并支付利息，最初的企业债开始出现；1984 年银行开始发行金融债。1983 年、1984 年，深圳宝安公司、北京天桥百货商场和上海飞乐音响公司先后发行了股票。1990 年、1991 年，上海和深圳证券交易所先后开业，资本市场进入快速而又曲折的发展期。1992 年成立证监会，1999 年实施《证券法》；2000 年取消股票发行额度、发行指标等行政性手段的限制，开始实行股票发行核准制。2004 年对股票发行价格取消核准、实行询价制，促使股票发行定价机制逐步走向市场化，并在深圳证交所推出中小企业板块。2005 年开始实施股权分置改革，消除长期困扰资本市场健康发展的体制性障碍；2009 年推出创业板，进一步推动多层次资本市场体系的形成和完善。表 3-7 的数据表明，中国企业融资条件近 20 年有很大改善，含贷款、股票、债券的社会融资规模，1991～2009 年增长了 70 倍；银行贷款仍是社会融资主渠道，但至少在某些时期，股票、企业债券已成为主要的融资工具。

自 1999 年开始允许私人企业上市后，不仅银行贷款，资本市场也已对非国有企业开放，但数据表明银行、资本市场的金融支持对象均以国有企业为主。表 3-8 表明 1997 年以后国有企业在沪深融资的户数比例从 70% 降至 2007 年的 35%，但融资额在 80% 以上。

表 3-7 中国企业融资总额和结构

年份	融资总金额（单位：亿元）	融资结构（%）		
		企业新增贷款	股票筹资额	企业债发行额
1991	1 380	81.5	0.4	18.1
1992	2 337	66.7	4.0	29.3
1995	8 431	94.6	1.8	3.6
2000	3 301	33.8	63.7	2.5
2005	6 404	38.7	29.3	32.0
2006	39 880	76.1	14.0	9.9
2007	46 125	70.2	18.8	11.0
2008	38 693	68.2	10.0	21.8
2009	95 181	76.9	6.4	16.7

说明：企业新增贷款的估算根据中宏数据库"金融机构信贷资金运用"中短期贷款中的工业贷款、商业贷款、建筑业贷款、乡镇企业贷款、三资企业贷款、私营企业及个体贷款及中长期贷款之和。农业贷款、其他短期贷款、委托及信托类贷款、其他类贷款、有价证券及投资、在国际金融机构资产、金银占款和外汇占款不考虑在内。

资料来源：根据国家发改委、国家统计局、中宏数据库估算。

表 3-8 沪深发行上市的国有企业数量、发行股份及融资金额比例

年度	企业数量占比（%）	发行股份占比（%）	融资金额占比（%）
1997	70.59	79.57	78.81
1998	81.03	87.42	88.32
1999	54.76	63.6	67.14
2000	60.87	63.02	69.24
2001	66.67	75.94	84.39
2002	67.19	85.31	92.12
2003	57.81	81.85	86.88

（续）

年度	企业数量占比（%）	发行股份占比（%）	融资金额占比（%）
2004	46.46	53.23	61.57
2005	46.67	61.4	76.65
2006	49.95	91.73	96.96
2007	35.92	88.99	87.95

资料来源：陈道富（2008 年）表 12.5。

3. 科研体制改革与技术市场发展

科研体制改革促进了技术市场发展。1982 年，中央提出"经济建设必须依靠科学技术，科技工作必须面向经济建设"的方针，强调实行技术成果有偿转让。1985 年，中央发布《关于科学技术体制改革的决定》，国务院颁发《技术转让暂行办法》。之后，一批国家级高新技术产业开发区相继成立，大批科技中介组织相继出现。1999 年，中共中央、国务院发布《关于加强技术创新、发展高科技，实现产业化的决定》，提出以加强技术创新、加速高新技术成果产业化为目标，通过深化改革，形成有利于科技成果转化和产业化的体制和机制。一大批科研院所相继转制为企业，各地成立技术产权交易机构，大力发展科技中介机构。2002 年，全国技术合同交易额突破 1 000 亿元，达到 1 084 亿元。2006 年，中共中央、国务院发布《关于实施科技规划纲要增强自主创新能力的决定》，提出增强自主创新能力，建设创新型国家，充分发挥市场在科技资源配置中的基础性作用，建立以企业为主体、市场为导向、产学研相结合的技术创新体系。中国科研体制改革，不但有利于科研事业的发展，而且对中国企业技术能力提升和高新技术产业发展有重大意义：增加了企业的创新源；直接为企业提供科研人才；诞生了一批技术含量较高的企业，如著名的联想就是中科院计算所科研人员"下海"创办的企业。2007 年，全国技术合同交易额突破 2 000 亿元，达到 2 216 亿元。

此外，经过多年培育和发展，由企业和科技机构及信息、技术中介服务机构搭建的中国技术市场的基本架构和运行机制已初步形成，成为促进科技成果转化的重要平台。

4. 土地市场的形成和发展

土地市场主要是指城镇建设用地使用权市场。改革之前，我国城镇土地实行行政划拨制度，国家将征用的土地无偿、无限期提供给用地者，土地使用权不允许转让、出租和抵押，完全排斥了市场配置土地资源的功能。1980 年，开始允许收取土地使用费；1987 年，深圳率先以协议、招标或拍卖方式出让 30～50 年不等的土地使用权；随后逐步形成土地使用权的行政划拨和有偿出让"双轨制"。2001 年，国务院下发《关于加强国有土地资产管理的通知》，明确要体现市场经济原则，确保土地使用权交易的公开、公平、公正，要求各地大力推行土地使用权招标、拍卖。2002 年，规定商业、旅游、娱乐和商品住宅等各类经营性用地，必须以招标、拍卖或挂牌方式出让；2003 年，进一步明确了协议出让的范围。

供地制度改革改变了企业用地方式，建设用地无偿划拨比例不断下降，有偿出让比例不断上升。20 世纪 90 年代之前，土地供应主要是无偿划拨；1993 年，全国划拨和出让土地 15.3 万公顷，其中，划拨占 59%，出让占 41%；2001 年，全国划拨和协议出让土地 16.4 万公顷，划拨降到 45%，出让上升到 55%；2006 年，全国土地供应总量 20.4 万公顷，出让比例达到 71.5%。国有建设用地供应已经从无偿划拨为主转为有偿出让为主，同时，市场配置土地资源的机制不断增强。在有偿出让土地中，协议出让比例不断下降，以指标、拍卖、挂牌交易为基本方式的招、拍、挂交易比例不断上升，招拍挂面积占出让面积的比例，已由 2002 年的 15% 上升到 2007 年的 51%。

‖ 企业改革：历程和所有制结构变化 ‖

企业改革的基本历程

企业改革作为经济体制改革的中心环节，与经济体制的转变相辅相成。狭义的企业改革仅指国有企业改革，广义的企业改革不仅包括国有企业改革，也包括发展各类新兴企业组织的政策、措施和制度变革。企业改革，不仅从制度层面全面、深刻地改造了传统国有企业，也发展壮大了一大批新兴企业；这些新兴企业，既有大型企业集团，也有众多中小企业。各类企业相互竞争、共同发展，共同构筑起中国经济持续高速增长的基石，也逐步培育起中国企业整体上越来越强的国际竞争力。

企业改革的进程可以分为两个大的阶段：1978～1992 年以放权让利为主线，可视为改革方向探索阶段；1993 年之后以建立现代企业制度为主线，可视为全面改革阶段。在第二阶段，又可以根据改革的重点和进程分为几个小的阶段，有的阶段也相互重叠：1993～1997 年开始启动建立现代企业制度的探索，1998～2002 年的主题是国有经济布局调整，开始"三年脱困"攻坚，以后是改制改组及辅业分离；2003 年国有资产管理体制做了重大调整，国有企业现代企业制度的建设再度强化。

1. 1978～1992 年：探索企业改革方向

扩权让利是国有企业改革突破口。1978 年，国务院批准四川 6 户企业进行扩大企业自主权试点，即向企业管理层转移一部分过去由政府掌握的控制权，允许企业管理层自主做出一些过去必须由政府做出的经营决策，如用留存利润发放奖金，完成计划后进行来料加工等；1979 年，国务院发布《关于扩大国营工业企业经营管理自主权若干规定》等 5 个文件，在全国国营工业企业实行扩大自主权措施。1984 年，国务院下发了《国务院关于进一步扩大国营工业企业自主权的暂行规定》，被称为"扩权十条"，在生产计划、产品销售、产品价格、物资选购、资金使用、资产处理、机构设置、人事劳动、工资奖金、联合经营等 10 个方面扩大企业自主权。在扩权同时，建立多种形式的经济责任制，有 3 种类型：利润留成；盈亏包干；以税代利，自负盈亏；还有 7 种形式：基数利润留成加增长利润留成；全额利润留成；超计划利润留成；利润包干；亏损包干；以税代利，自负盈亏；二轻集体企业由统负盈亏改为自负盈亏。经济责任制是对企业扩权让利的一种制约机制。

搞活企业成为经济体制改革的中心环节。1984 年十二届三中全会之后，搞活企业成为改革重点，承包经营、租赁经营、股份经营等多种经营形式得到探索，尤其是承包经营，"包死基数，确保上交，超收多留，欠收自补"，适应性比较强，易于操作，成为工交企业改革首选的经营形式。承包经营责任制推行初期在表面上取得较好效果，但随着时间推移，承包制"包盈不包亏"的制度缺陷逐渐暴露出来，承包人"道德风险"、"短期行为"等问题为以后企业改革的深化提出了课题。

非国有的各类企业得到快速发展。一是集体经济企业开始较快发展。城镇工业企业在 1978 年有 26.57 万个，产值 948 亿元，1991 年发展到 38.9 万个，产值达 8 783 亿元。乡镇企业产值在 1980 年为 656.9 亿元，1990 年达 8 461 亿元。二是私营经济开始发展。1979 年首先是允许个体经济发展，许多城镇待业人员和农村富余劳动力开始第一次创业；到 1986 年，全国个体工商户发展到 1 211 万户，从业人员 1 846 万人。1987 年，党的十三大提出私营经济是公有制经济必要和有益补充，开始允许私营企业发展。1988 年，国务院相继发布了《城乡个体工商户管理暂行条例》和《私营企业暂行条例》。到 1992 年，全国个体工商户达到 1 534 万户，从业人员达 2 468 万人；登记注册的私营企业达 14 万家，从业人员 232 万人，而 1990 年仅 10 万个私营企业，148 万从业人员。与此同时，"三资企业"也得到快速发展，成为传统企业之外重要的市场新生力量。

1978～1992 年的改革没有从根本上改变中国的企业基本制度，但在扩权让利的同时，政府的"拨改贷"、"利改税"等措施，逐步打碎了传统体制下形成的企业大锅饭体制，使企业自负盈亏，逐步成为市场竞争主体。传统的国有企业的改革已走上了不容回头的轨道。非国有的集体、私营、外资企业的崛起，一方面给传统企业带来竞争压力，另一方面也为传统企业改革和发展提供了参考。放权让利、经营责任制及承包制的探索，暴露了传统企业深层次的问题和矛盾，成为进一步改革的"试错"过程。

专栏："拨改贷"和"利改税"：企业财务与国家财政逐步分离

"拨改贷"改变了国有企业获取资金的渠道。1979 年，国家开始试行将基建拨款改为银行贷款，即"拨改贷"；1981 年开始，国家经委、财政部安排的部分挖潜、革新、改造资金由国家拨款改为银行贷款；1983 年，企业需要增加的流动资金由企业自筹或向银行贷款；1985 年，国家预算内基本建设全部由拨款改为贷款。另外，财政部门也逐步取消了对竞争性领域企业的亏损补贴。这样，尽管企业和财政还存在各种联系，但基本上不再从财政直接获得资金。由于缺乏市场化融资渠道，企业资金来源转而依赖国有银行的贷款，20 世纪 90 年代后又开始大规模上市融资。

"利改税"及税制改革理顺了财政与企业的财务关系。1983 年开始实行"利改税"，将国有企业原来给国家上缴利润的方法逐步改为按国家规定的税种和税率向国家缴纳税金。第一步"利改税"实行"利税并存"，即保留原工商税，并对有盈利的大中型国有企业按 55% 征收所得税，税后利润按一定比例上缴。1984 年，第二步"利改税"将工商税划分为产品税、增值税、营业税等，对企业利润分别征收所得税和调节税，调节税后利润为企业留利。"利改税"改变了企业财务与政府财政的关系，政府税收与企业利润分开，使政府对企业的公共管理职能和出资人职能相对分离，实现了"政资分开"。政府作为公共管理部门，对企业依法征税，税制逐步统一；同时，政府也作为国有企业出资人，决定企业的利润分配。税利分离彻底改变了国有企业统收统支的财务管理制度，理顺了财政与企业的财务关系。

2. 1993～2003 年：企业改革的全面推进

企业改革思路开始进行重大调整。1993 年，十四届三中全会总结了过去企业改革的经验教训，提出以产权制度改革和企业制度创新建立市场经济微观基础的企业改革的全新思路。按十四届三中全会《决定》的说法就是以"产权清晰，权责明确，政企分开，管理科学"为特征的现代企业制度是国有企业改革的方向。这种思路，与过去的以"责任制"为主要内容，以"搞活企业"、"放权让利"为主要目标的企业改革相比，是目标模式、方法的重大调整。按照这个改革思路，未来的国有企业应当是产权清楚的独立的企业法人，国家投资者对企业承担有限责任，企业要建立科学的组织。1993 年中国第一部公司法出台，从法律上明确了现代企业制度的基本法律形式——股份公司的法律形式。

建立现代企业制度作为国有企业改革的方向虽然已经明确，但改革的进程并没有因此而一帆风顺。这与大家对现代企业制度不够理解有关，也与现代企业制度需要配套条件有。20 世纪 90 年代中期以后，国有企业陷入亏损困境，制度改革和解困、发展问题紧密纠结在一起，企业问题和社会问题交织，局面十分复杂。在这个过程中，"三年脱困"和"布局调整"成为相辅相成推动改革的两项重大举措。

"三年脱困"是指从 1998 年开始实施的国企改革脱困"三年两目标"，即"用三年左右时间，通过改革、改制、改造和加强管理，使大多数国有大中型亏损企业摆脱困境，力争到 20 世纪末大多数国有大中型骨干企业初步建立现代企业制度"。虽然"三年脱困"是从 1998 年开始的，但在此之前，一些"脱困"措施如"增资、改造、分流、破产"已经开始探索。到 2000 年年底，改革脱困"三年两目标"基本完成：一是国有及国有控股工业企业实现利润大幅度增长；二是大多数行业实现了整体扭亏或继续增盈；三是各省、自治区、直辖市全部实现整体赢利，四是大多数国有大中型亏损企业实现脱困（见表 3-9）；五是大多数国有大中型骨干企业初步建立了现代企业制度。在社会保障体系尚未建立之际，"三年脱困"集中安置国有企业分流下岗职工 2 100 多万人，大批职工付出了巨大代价，群体性事件也有发生，但社会保持总体稳定，最终承受住了这场改革的考验。

表 3-9　中国国有企业的收入、利润和纳税

	工业企业							非金融类企业	
	1978 年	1985 年	1990 年	1995 年	1997 年	2002 年	2006 年	2002 年	2006 年
收入（万元）	—	—	—	26 103	27 985	41 111	81 732	85 326	162 390
利润总额（万元）	509	738	388	666	427	1 567	5 615	3 786	12 193
纳税（万元）	43	32	349	640	831	—	—	1 803	3 508

资料来源：根据《中国统计年鉴》等，转自吴敬琏（2008 年）表 4-2。

专栏："脱困"——为改善国有企业财务状况而进行的各种努力及主要效果

从 20 世纪 90 年代开始，国家采取了一系列措施和试点，与企业改革结合，解决企业亏损和经营困难问题。采取了如下几个办法。

"优化资本结构"试点。为解决国有企业"债务负担重、人员过多、企业办社会"三大难题，1994 年国家经贸委选择 18 个城市进行企业"优化资本结构"试点，1996 年试点城市先扩大到 58 个，进而又扩大到110 个。试点的主要政策是"增资、改造、分流、破产"。经过 3 年试点，累计为企业增资约 200 亿元，筹集技术改造资金 800 多亿元，分离机构近 1 万个，分流人员 258 万人，兼并企业 853 家，破产 621 家。"优化资本结构"试点没能遏制住国有企业全面陷入亏损境地，但形成了后来的政策性破产、下岗分流等一系列国有企业的"脱困"政策。

"政策性破产"和企业兼并。《破产法》在 1986 年就已颁布，但由于缺乏社会保障、职工无法安置，企业难以依法破产。1994 年开始在部分城市试行"政策性破产"，即破产企业资产优先用于安置职工，同时鼓励企业兼并，在妥善安置职工的前提下构筑国有企业的退出通道。1994～2004 年，全国共实施政策性破产项目 3 484 户，核销金融机构债权 2 370 亿元，安置（分流）关闭破产企业职工 667 万人。

鼓励国有企业改制上市。1998～2002 年，国有及国有控股企业在境内外新增上市公司 442 家，累计筹资 7 436 亿元，包括境外筹资 352 亿美元。

国债技改贴息。1999 年，中央决定从新增发国债中拿部分资金用于企业技术改造的贷款贴息。1999～2002 年共安排国债技改贴息资金355.4 亿元，项目 2 175 个，总投资 4 354 亿元。技改贴息对短期"脱困"作用有限，但有利于企业长远发展。

实施"债转股"。1999 年，国家经贸委、中国人民银行印发《关于实施债权转股权的若干问题的意见》，"债转股"正式启动。"债转股"是把银行对企业的债权转换成金融资产公司持有的股权，使企业资产负债率下降。实施"债转股"企业 580 户，共计 4 050 亿元。4 050 亿元转股债权约占当年国有工业企业全部债务总额的 8%、长期负债的 22%。"债转股"的实际效果是减少国有企业当期还本付息的现金流出，在账面上降低资产负债率，进而增加新的融资空间。

大规模人员分流明显减轻了企业的"隐性负债"。对国有企业财务结构产生深远影响的是 3 000 多万企业职工的分流。2001 年之后，非国有工业企业全部就业人员开始超过国有工业企业；2006 年，非国有工业企业全部就业人员是国有工业企业的 3.1 倍。

资料来源：详见 肖庆文（2008）。

国有经济布局调整渐成改革的主题。多年的改革探索表明，把每一个国有企业搞好，既不可能，也无必要。1999 年党的十五届四中全会提出从战略上调整国有经济布局和改组国有企业，着眼于搞好整个国有经济，推进国有资产合理流动和重组。国有企业改革的目标由提高国有企业效益转为提高国有资本效率，政府由管国有企业转为管国有资本。这表明国有企业改革开始注重国有经济全局调整，这个思路对以后至今的国有企业改革发生了重要的深刻影响。

20 世纪 90 年代后期开始，国有企业改制面不断扩大。1991～1996年国有及国有控股工业企业都在 10 万户以上，1997 年后开始下降，到2006 年为 2.5 万户，比最高时 1996 年的 12.76 万户下降了 80.4%。随着数量下降，国有企业整体质量显著提高，能对国有经济保持较高的影响力、控制力。1998～2005 年，平均每户国有及国有控股工业企业的总资产、净资产、收入和利润分别增长 4.7 倍、5.7 倍、7.8 倍和 41.9 倍；平均每元国有资本的创收由 1.25 元提升到 1.73 元，创利由不到 0.02 元提高到 0.14 元。随着改制面扩大，国有企业和国有资本的效率明显提高。2006 年，国企户数尽管已经下降到全部统计企业的 8%，但仍控制着接近一半的总资产和净资产，创造着 30% 以上收入和 40% 以上的利润。国有资产在资本化和重组过程中重新估值和定价，增值显著（表 3-10）。2006 年，在全国国有企业国有资本及权益增量中，资产评估增加和资本（股票）溢价分别占 4.4% 和 4.0%，合计相当于经营积累的 20%。

这个阶段企业改革的另一个主要方面是非国有企业的迅速发展。大致到1997年城镇和乡镇集体企业改革加速，以后特别是2000年前后，集体企业大批改制为非国有企业（按企业数约70%）或混合所有制企业（按数约17.6%）。此外20世纪80年代末和90年代中期以前诞生的私营企业也有了较大发展。外资企业也发展较快。

表 3-10　全国国有企业国有资本及权益增加情况

（单位：亿元）

	2003 年	2004 年	2005 年	2006 年
本年国有资本及权益增加	9 442.2	12 708.6	15 467.5	16 449.7
其中：				
经营积累	3 834.6	4 862.4	6 022.8	6 955.2
国家、国有单位直接或追加投资	2 755.7	2 884.2	3 891.8	3 744.6
资产评估增加	476.4	533.5	503.4	724.5
资本（股票）溢价	236.1	289.5	417.5	663.6
税收返还	87	289.1	596.6	360.6

资料来源：财政部企业司编，2002～2006年企业财务会计信息摘要，经济科学出版社，2007年12月，p174～175。

3. 2003 年之后，企业改革的深化阶段

2003年以后国有企业改革继续深化，但改革的进程重点有所变化。

国有资产管理体制进行重要调整。2002年11月，十六大明确各级政府建立集中行使所有权职能的出资人机构；2003年3月，国务院成立国资委；随后，各地方国资委陆续组建。各级国资委代表政府履行出资人职责，享有所有者权益，成为在企业里代表国有资本的股东。2003年国资委成立以后，几次重要工作是：规范国有企业改制，防止国有资产流失；对所属国有企业进行了以治理结构改进、业务结构调整为中心的改革；对所属国有企业进行以合并、结构调整为重点的战略性调整，所属央企从初期的196家降到2010年10月的123家；根据2007年9月国务院发布《关于试行国有资本经营预算的意见》，开始进行国有资本经营预算管理。

2003年以后国有企业由于机制转变、资源占有优势、"人多债重"

包袱的化解，加上 2002 年以后中国经济的持续发展，进入持续多年的快速发展。仅国资委所属央企，其收入、利润总额、净资产已从 2003 年的 4.47 万亿元、3 006 亿元、3.6 万亿元上升到 2009 年的 12.6 万亿元、8 151 亿元、8.4 万亿元。这个时期，民营企业亦持续发展。2005 年公司法、证券法进行重大修改，民营经济发展的环境进一步改善。但是 2008 年以后一些省开始进行以国有企业为中心的矿业、钢铁的整合，到底如何处理国有企业和民营企业的关系争论较大。

企业所有制结构的变化

1. 各阶段的企业所有制结构

第一阶段：1978 ~ 1992 年

在这个阶段，全民所有制企业数量比重变化不大，私营企业和混合所有制企业出现并有较快发展；工业和建筑业企业数量比重的格局变化不大，但收入和利润比重均呈现"国有降、集体升"的趋势；最显著的变化发生在商业领域，集体企业比重大幅下降，而合营与个体企业大幅上升（见表 3-11）。

表 3-11　1980 ~ 1992 年之间各种企业类型绝对值和比重变化

工业	1980 年				1992 年			
	企业数（万个）	收入（亿元）	利润（亿元）	就业（亿元）	企业数（万个）	收入（亿元）	利润（亿元）	就业（万人）
总数	37.84	4 418.6	692.3	4 762	50.2	25 866.3	972.4	6 621
构成（%）分类								
全民	22.1	81.5	84.6	70	20.6	64.5	55	63.8
集体	77.8	17.9	15	30	76.6	26.4	28.9	28.1
其他	0.11	0.7			2.8	9.1	16.1	8.1
建筑业	企业数（个）	总产值（1986 年）（亿元）	利润（1986 年）（亿元）	人员数（万人）	企业数（个）	总产值（亿元）	利润（亿元）	人员数（万人）
总数	6 604	808	36.1	648	14 536	2 174	46	1 157.5
构成（%）分类								
全民	30	70	78	49	34	66	55	59
集体	70	30	22	51	66	34	45	41

（续）

批发零售和贸易业	1980 年				1992 年			
	机构数（万个）	社会消费品零售总额（亿元）		人员数（万人）	机构数（万个）	社会消费品零售总额（亿元）		人员数（万人）
总数	146.6	2 071		637.7	1 006.3	9 916		2 434.5

分类 ＼ 构成（%）						
全民	9	51	30	3	41	18
集体	65	45	62	12	28	30
合营与个体	26	1	7	85	21	52

说明：

1）因 1978 年数据不全，为使数据前后具有可比性，本表采用 1980 年数据来说明改革开放初期的情况。

2）因 1986 年前后工业统计范围发生变化，由乡及乡以上调整为包括村办工业和个体工业，具有不可比性。为保持连续性，本表选择工业的企业数比例的统计范围是乡及乡以上独立和非独立核算工业企业，就业数比例统计范围是全部工业企业，而收入和利税统计范围是独立核算工业企业。

3）1986 年建筑业统计范围发生变化，为保持连续性，本表 1980 年建筑业企业数的数据为估算。另外，因缺乏 1986 年之前建筑业企业的总产值和利润的统计数据，故这两个指标采用 1986 年数据与 1992 年数据进行比较。

数据来源：《中国统计年鉴》，转自张政军、王环宇（2008 年）。

第二阶段：1993～1997 年

总体看国有企业数量、收入或产值和就业的比重均缓慢下降，利润比重则大幅下降，集体企业数量比重有升有降（工业、商业降，建筑业升），但幅度不大；建筑业集体企业产值、利润和人员数均有较大幅度上升，工业和建筑业的私营及混合所有制企业比重大幅上升；工业和商业的各类企业数量格局变化不大，建筑业国有企业数量比重降了 1/3，而非工企业则升了 4 倍（见表 3-12）。

表 3-12　1993～1997 年之间各种企业类型绝对值和比重变化

工业	1993 年				1997 年			
	企业数（万个）	收入（亿元）	利润（亿元）	就业（万人）	企业数（万个）	收入（亿元）	利润（亿元）	就业（万人）
总数	52	32 758	33 953	7 821.2	6 626	53.43	53.43	44 458

（续）

工业	1993 年				1997 年			
	企业数（万个）	收入（亿元）	利润（亿元）	就业（万人）	企业数（万个）	收入（亿元）	利润（亿元）	就业（万人）
分类　　构成（%）								
国有	20.1	59.5	51.0	67.9	18.5	44.1	25.1	65.0
集体	73.7	26.6	23.6	25.7	67.0	26.0	26.9	21.4
其他	6.2			6.5	14.6			13.6
建筑业（绝对值）	企业数（个）	总产值（亿元）	利润（亿元）	人员数（万人）	企业数（个）	总产值（亿元）	利润（亿元）	人员数（万人）
总数	20 970	3 253.1	64.6	1 096.5	44 017	9 126.5	110	2 101.3
分类　　构成（%）								
国有	30.3	63.2	63.2	57.6	21.9	49.6	15.2	39.4
集体	67.3	35.8	33.9	41.6	67.9	43.0	68.7	54.6
其他	2.4	1.1	2.8	0.9	10.2	7.4	16.1	5.9

批发零售和贸易业（绝对值）	1994 年			1996 年		
	网点数（万个）	社会消费品零售总额（亿元）	人员数（万人）	网点数（万个）	社会消费品零售总额（亿元）	人员数（万人）
总数	1 350.4	13 196	3 668.7	1 573.6	19 236	4 233.8
分类　　构成（%）						
国有	4.5	31.9	25.4	4.1	27.2	21.5
集体	8.1	20.8	19.9	7.2	18.4	17.1
个体	89.1	28.5	53.8	87.1	32.0	55.4

说明：

1）为保持连续性，本表选择工业的企业数比例的统计范围仍然是乡及乡以上独立和非独立核算工业企业，就业数比例统计范围是全部工业企业，而收入和利税统计范围是独立核算工业企业。

2）统计资料缺乏批发零售和贸易业1993年和1997年数据，故分别用1994年和1996年数据来代替。

数据来源：各年度《中国统计年鉴》，转自张政军、王环宇（2008年）。

第三阶段：1998～2002 年

总体看各行业的国有和集体企业数量的绝对值和比重均出现明显或大幅降低，私营企业数量的绝对值和比重则大幅上升；工业和建筑业国有企业收入绝对值有所上升，比重略降，利润绝对值和比重均大幅上升；商业国有企业收入绝对值有所降低，利润绝对值略升，比重均有所降低；公司制企业数量和注册资本与非公司制企业相比均大幅上升（见表3-13）。

表3-13　1998～2002 年之间各种企业类型绝对值和比重变化

工业	1998 年				2002 年			
	企业数（万个）	收入（亿元）	利润（亿元）	就业（万人）	企业数（个）	收入（亿元）	利润（亿元）	就业（万人）
总数	14.96	51 017	1 011	5 486	152 244	99 805	5 415.1	4 594
构成（%）分类								
国有及国有控股	39.2	52.3	36.0	60.5	22.7	43.7	45.5	43.9
集体	28.9			12.9	15.1	8.0	7.2	6.9
私营	6.5	2.9	4.6	2.6	27.1	10.9	8.5	13.3
外商及港澳台	16.0	24.3	28.7	12.5	19.0	28.5	32.5	19.1
建筑业	企业数（个）	收入（亿元）	利润（亿元）	人员数（万人）	企业数（个）	收入（亿元）	利润（亿元）	人员数（万人）
总数	45 634	7 837.8	78.2	2 030	47 820	9 129.3	126.1	2 245.3
构成（%）分类								
国有企业	20.7	50.1	2.2	36.4	16.0	33.6	12.3	24.2
集体	62.3	33.6	22.8	52.1	27.6	16.6	20.4	25.8
外商及港澳台	2.1	1.6	1.0	0.7	1.9	1.3	1.4	0.5
其他	14.9	—	—	10.8	54.8	—	—	49.5
商业	企业数*（个）	收入（亿元）	利润（亿元）	就业*（万人）	企业数（个）	收入（亿元）	利润（亿元）	就业（万人）
总数	25 719	20 193	815.1	442	22 572	21 495	1 024.2	256.9

（续）

工业	1998 年				2002 年			
	企业数（万个）	收入（亿元）	利润（亿元）	就业（万人）	企业数（个）	收入（亿元）	利润（亿元）	就业（万人）
分类 ＼ 构成（％）								
国有企业	56.2	68.8	68.9	55.6	37.1	41.7	49.1	21.7
集体	21.3	13.9	9.3	16.6	12.2	4.4	3.3	9.0
私营	4.1	1.0	0.8	2.2	17.8	7.4	5.3	11.4
外商及港澳台	3.1	2.0	3.4	4.8	4.2	6.6	9.8	7.6

说明：

1）商业包括批发、零售、住宿和餐饮业，商业中的国有包括统计年鉴中国有、国有联营、国有独资分类，应该不包括国有控股有限责任和股份有限公司。

2）工业为规模以上口径数据，商业是限额以上口径数据。

3）＊表示因无 1998 年数据，故用 1999 年数据代替。

数据来源：各年度《中国统计年鉴》，转自张政军、王环宇（2008 年）。

第四阶段：2003 年以后

各行业的各类企业的格局均发生重大变化：工业和建筑业的国有企业数量和就业大幅下降，收入、利润大幅增加，尤其是利润比重增幅惊人；商业国有企业数量、收入、利润和就业均有一定或较大程度增加，但比重均大幅下降；各行业的集体企业各类指标比重大幅或明显下降；私营企业的各类指标比重大幅上升（见表 3-14）。

表 3-14　2003～2005 年之间各种企业类型比重变化

工业	2003 年				2006 年			
	企业数（万个）	收入（亿元）	利润（亿元）	就业（万人）	企业数（个）	收入（亿元）	利润（亿元）	就业（万人）
总数	16.3	130 136	6 720	4 930	249 772	274 078	17 589	6 160
分类 ＼ 构成（％）								
国有及国有控股	17.5	40.5	31.6	37.6	8.3	32.3	43.5	24.5

（续）

工业	2003 年				2006 年			
	企业数（万个）	收入（亿元）	利润（亿元）	就业（万人）	企业数（个）	收入（亿元）	利润（亿元）	就业（万人）
集体	11.5	6.12	5.39	8.4	4.7	2.8	2.7	3.6
私营	34.5	13.8	10.3	17.9	49.6	20.7	16.4	26.8
外商及港澳台	19.7	30.5	33.3	21.9	20.2	31.6	27.6	28.8
建筑业	企业数（万个）	收入（亿元）	利润（亿元）	人员数（万人）	企业数（个）	收入（亿元）	利润（亿元）	人员数（万人）
总数	4.87	9 553	138.4	2 414.2	60 166	12 888	288.5	2 878.2
构成（%）＼分类								
国有企业	13.6	29.1	10.4	21.7	9.2	24.4	14.8	16.3
集体	21.4	13.1	15.1	20.9	11.7	6.3	7.0	11.5
外商及港澳台	1.7	1.2	1.1	0.5	1.4	1.4	2.4	0.6
其他	63.3			56.8	77.6			71.6
商业	企业数（个）	收入（亿元）	利润（亿元）	就业（万人）	企业数（个）	收入（亿元）	利润（亿元）	就业（万人）
总数	1.6	24 593	1 108.2	211.4	51 193	52 513	4 447.3	526.3
构成（%）＼分类								
国有企业	28.1	30.5	34.5	27.5	14.2	22.2	27.4	18.2
集体	8.6	3.1	2.5	6.0	5.7	2.0	1.4	4.2
私营	7.0	8.8	5.6	2.1	44.9	21.9	19.0	27.3
外商及港澳台	4.3	6.0	8.5	5.1	4.5	8.3	18.3	11.9

说明：

1）商业包括批发、零售、住宿和餐饮业，商业中的国有包括统计年鉴中国有、国有联营、国有独资分类。

2）工业为规模以上口径数据，商业为限额以上口径数据。

数据来源：各年度《中国统计年鉴》，转自张政军、王环宇（2008 年）。

2. 国有企业产业布局和产业地位变化

国有经济布局主要指国有企业（含国有控股公司）及国有资本在国民经济领域的分布和结构比例情况。

中国国有经济比重的变化，大致可以分为两个阶段。

第一阶段为 1978 ~ 1992 年，国有经济地位和比重变化的基本特征是：国有企业数量增加，工业企业从 8.4 万个上升到 10.4 万个，工业总产值从 4 231 亿元上升到 3.7 万亿元；建筑业国企数量从 1 996 家上升到 4 985 家；国有企业比重开始下降，1978 ~ 1990 年，工业产值比重从 77.6% 降到 54.6%，建筑业从 70.2% 降到 65.7%，商品零售从 51.4% 降到 41.3%；但国有企业比重仍然较大，如工业中国有产值比重仍大于 50%，国企比重小于 50% 的行业主要是集体企业发展快的行业，以能就近取得原材料和生产消费品的轻工业为主。

第二阶段是 20 世纪 90 年代初以后，国有经济比重逐渐下降。

在工业领域国有经济产值比重降至 30%；按行业看低于 50% 的行业已有 30 个，超过行业数的 70%；国有企业比重下降行业增加趋缓，国有经济比重在这个时期降至 50% 的 18 个行业中，13 个是 2000 年下降的（见表 3-15）。

在服务业，国企比重差异大，电信、金融、航空仍以国企为主，房地产、零售等业国企比重较小。

表 3-15 工业领域全民所有制或国有企业（含国有控股）行业产值比重变化

（单位：个）

	1985 年	1990 年	1995 年	2000 年	2006 年	2008 年
产值占行业 50% 以上	27	26	16	13	8	6
产值占行业 30% ~ 50%	6	4	11	13	3	4
产值占行业 30%	4	7	10	11	27	29
行业数合计	37	37	37	37	38	39

资料来源：《中国统计年鉴》。

国有经济布局变化有三个特点：一是在多数行业下降，但进入 21 世纪后下降比例已趋缓。国有企业比率高的产业目前以限制进入型、资源重要型、部分资本技术双重密集型产业为主，与国家认为国有经济要保持一定的控制力的领域的要求大体接近（见表 3-15 和表 3-16）。二是国有经济比率下降，但在国民经济中仍居主导地位。这是因为国有经济比重仍

表 3-16　工业行业国有经济分布

	1985 年	1990 年	2006 年	2008 年
50% 以上	煤炭、石油、黑色金属矿、有色金属采矿、其他金属采矿业、农副食品、食品、饮料、纺织、烟草、印刷、化纤、石油加工、橡胶、医药、有色金属冶炼、黑色金属冶炼、通用设备、电气机械、通信设备及计算机、仪器仪表、电力热力、燃气、水	烟草、石油和天然气、电力热力、石油加工、交通运输设备、煤炭、燃气、黑色金属、有色金属冶炼、化学、专用设备、有色金属矿、饮料、通用设备、黑色金属采选、印刷、橡胶、化学纤维、医药、仪表、食品、通信设备和计算机、仪表、农副食品、纺织业、水	煤炭 (66)、石油 (99)、烟草 (99)、石油加工 (76)、交通设备 (50)、电力和热力 (90)、水 (70)、燃气 (55)	煤炭 (59)、石油 (96)、烟草 (99)、石油加工 (72)、电力和热力 (92)、水 (68)
30% ~ 50%	非金属矿、毛皮羽、木竹藤棕草、纸、金属制品、塑料制品、非金属矿制品	非金属矿、木竹藤棕草、纸、电气机械	有色金属矿 (39)、黑色金属冶炼 (33)	黑色金属冶炼 (30)、有色金属冶炼 (45)、有色金属矿 (42)、燃气 (49)
30% 以下	服装鞋帽、家具、文教用品、工艺品	服装鞋帽、毛皮羽、塑料、金属制品、文教用品、工艺品	黑色金属矿 (18)、非副食品 (20)、其他采矿业 (1)、食品 (8)、饮料 (6)、纺织 (23)、服装鞋帽 (2)、木竹藤棕草 (1)、毛皮羽 (2)、纸 (4)、家具、印刷 (10)、文教用品 (18)、化学 (29)、医药 (20)、化纤 (20)、橡胶 (14)、塑料 (5)、非金属矿物制品 (7)、通用设备 (22)、金属制品 (11)、专用设备 (26)、电气机械 (11)、仪器仪表 (8)、通信设备及仪表 (9)、工艺品 (6)、废弃资源和废旧材料回收加工业 (3)	黑色金属矿 (18)、有色金属采矿 (14)、其他采矿 (1)、农副食品 (5)、食品 (9)、饮料 (19)、纺织 (3)、服装鞋帽 (1)、木竹藤棕草 (1)、毛皮羽 (2)、家具 (2)、文教用品 (14)、印刷 (9)、医药 (15)、化纤 (12)、橡胶 (13)、塑料 (4)、非金属矿物制品 (7)、金属制品 (11)、通用设备 (24)、专用设备 (17)、电气机械 (9)、通信设备及计算机 (8)、仪器仪表 (10)、工艺品 (6)、废弃资源和废旧材料回收加工业 (10)

资料来源：《中国统计年鉴》。

显著高于发达国家，如国有资产总值与 GDP 的比值，中国 2006 年为 300% 以上，而 OECD 16 国 2003 年加权平均不到 30%[一]；国有经济在重要的基础、垄断性产业比重地位高，在细分的重要行业（如装备业）地位重要；国有企业数量下降但效益指标明显上升。三是国有经济布局的变化，对原来是国有企业的企业股权结构有了重要影响，但国有资本的影响日益重要。国有企业主要指国家控股企业，对于一些原来的国有企业，现在国家（含国有法人）不控股了，但国家或作为股份分散的上市公司，较少股份仍能相对控股；或企业成了国家参股的混合所有制企业，国家股份虽少，但有一定份额，仍对企业有重要影响。

企业制度的改革和变迁 [二]

企业制度是指围绕企业基本财产关系而形成的法律和非法律规范。基本的企业制度主要涉及企业资本组织制度和经营组织制度两个层面，通常包括企业法律形式、股权结构、公司治理、经营组织四个方面。中国企业改革的进程就是中国企业制度变迁的过程，即从传统的政府生产附属机构体制向现代企业制度演变的过程。

企业法律形式：从行政附属物到公司独立法人

企业法律形式，是规定企业出资者、管理者的权责及相互关系的法律规范。企业法律制度形式的变化，对企业制度的变化有重大影响，因为它表明企业的基本规范发生了变化。企业改革到一定阶段，作为政治、政策共识的法律规范才能产生，但它一旦产生，又会对企业改革发挥积极的推动作用。

1. 政府通过调整企业法律规范，推进企业改革

由规定到法律和条例。中央计划经济体制下企业是行政附属生产单

[一] 转自陈小洪（2008 年）附录 1。
[二] 本节参考了李兆熙、张永伟（2008 年）的有关讨论。

位，改革开放初期，通过有步骤地对国有企业放权让利，国有企业作为行政附属物的状况逐步得到改变。1983 年，国务院颁布《国营工业企业暂行条例》，1984 年国务院又颁布《关于进一步扩大国营工业企业自主权的暂行规定》。经过近 10 年的放权让利，国有企业已具备了较大的经营自主权。1988 年，《企业法》首次以专门立法的形式规定了国有企业应享有的权利，并确立了其作为商品生产者和经营者的法律地位。为实施《企业法》，1992 年国务院颁布《全民所有制企业转换经营机制条例》（简称《转机条例》），企业的市场主体地位得到加强，经营自主权逐步落实。

由企业法到公司法。十四届三中全会明确建立现代企业制度，1993 年，全国人大通过了适应市场经济的《公司法》，从法律上确立了公司制企业的基本形式，包括其机构权责、决策程序、合并和解散清算等的规定。《公司法》是股份制公司的基本规范。《公司法》的出台为国有企业改制成多元股份公司，民营企业利用他人资本发展及资本市场的发展提供了基本依据。

2. 与社会主义市场经济体系相适应的法律体系初步构建

这方面的变化，首先表现为公司或企业组织法的完善。到现在为止，我国各类企业的基本组织法都已出台（见表3-17）。更重要的是与市场经济体系相适应的法律体系已基本形成，其中有属于私法范畴的法律：包括公司法在内的企业组织法、商行为法、物权法（中国尚无完备的民法）；包括反垄断法、行业法、社会法（劳动法、工会法等）、狭义行政法（国家组织法）等在内的公法。

表 3-17　若干重要法律

法律	法律属性	出台和修改时间	法律	法律属性	出台和修改时间
民法通则	民法	1986 年制定	劳动法	社会法	1994 年制定，2006 年重大修改
物权法	商法	2006 年制定	证券法	经济法	1998 年制定，2005 年重大修改
担保法	商法	1995 年制定	银行法	经济法	1995 年制定，2003 年重大修改

（续）

法律	法律属性	出台和修改时间	法律	法律属性	出台和修改时间
合同法	商法/经济法	1999 年制定	行政诉讼法	行政法	1989 年制定
公司法	商法	1993 年制定，2005 年重大修改	侵权责任法		2009 年制定
企业法	商法/经济法	1988 年制定，只适用于国有企业	企业所得税	行政法	多次修改，最近一次在 2007 年
破产法	商法	1986 年制定，2006 年重大修改	个人所得税	行政法	1980 年制定，1993、1999、2005 年修订
私营企业暂行条例	商法	1988 年制定	反垄断法	经济法	2007 年制定
集体企业条例	商法/经济法	1991 年制定	价格法	经济法	1997 年制定
合伙企业法	商法	1997 年制定，2006 年修订	土地管理法	行政法	1986 年制定，1998、2004 年重大修改
个人独资企业法	商法	1999 年制定			

企业产权：从国有独资到股份多元化

国有企业的产权结构发生重要变化：过去的国有企业全部国有独资；20 世纪 80 年代中后期，为解决企业资金不足和调动各方面的积极性；一些国有企业开始进行股份制试验，国有股份制企业数量一度增加。到 1988 年，全国的股份制企业已有 6 000 多家。

20 世纪 90 年代中期以后中国进入产权改革阶段，众多国有中小企业产权改革和大企业改制上市。1995 年，十四届五中全会提出"对国有企业实施战略性改组"，"搞好大的，放活小的"，"区别不同情况，采取改组、联合、兼并、股份合作制、租赁、承包经营和出售等形式，加快国有小企业改革改组步伐"。各地开始大规模地推进中小企业产权改革，大批国有中小企业整体或部分出售给外部的投资者或企业的经营者及职工。到 2000 年，多数地方国有中小型企业的改制面已超过 80%，许多国有中小企业变成非国有控股的乃至原企业经营者、职工及私人投资者控制的非国有企业。如表 3-18 所示，尽管工业部门的国有企业产值在增加，但国有企业数和产值比率在 20 世纪 90 年代以后较快下降。这种情况与众多中小企业的产权或股权改革关系密切。

表 3-18　工业国企数及比重

年份	国有及国有控股工业企业数（万个）	全国工业总产值（万亿元）	国有及国有控股企业工业总产值（万亿元）	占全国总产值比重（%）
1996	12.76	6.27	3.36	53.5
1997	11	5.78	3.42	59.1
1998	6.47	6.77	3.36	49.6
1999	6.13	7.27	3.56	48.9
2000	5.3	8.57	4.06	47.3
2001	4.7	9.54	4.24	44.4
2002	4.1	11.08	4.52	40.8
2003	3.4	14.23	5.34	37.5
2004	3.56	20.17	7.02	34.8
2005	2.75	25.16	8.38	33.3
2006	2.5	31.66	9.89	31.2
2007	2.07	40.52	11.97	29.5
2008	2.13	50.73	14.39	28.4

资料来源：《中国统计年鉴》。

　　20 世纪 90 年代中后期，特别是"三年脱困"时期，中国政府开始重点推动国有大中型企业改制和股权多元化，以便企业实现在境内和境外的上市。这个时期国有企业上市普遍采用分拆上市的方式，即将企业的优质业务和资产分拆出来单独上市，其他业务则放在原企业，多数分拆上市的企业的母公司仍是国有独资企业。2003 年以后，自广东的 TCL 公司首次整体上市、武钢主业资产整体上市以来，国家开始鼓励大企业整体上市，一些国有企业开始在母公司层面实行股权多元化。但受资产结构影响，多数大型国企还未实现整体上市。

　　20 世纪 90 年代以后，国有企业产权多元化的结果是：国有中小企业产权结构已发生根本变化，80% 以上的地方国有中小型企业已完成了改制；已改制的国有小企业绝大多数成了非国有；许多中型国有企业变成国家参股企业。国有大型企业基本已股权多元化，但仍以国有控股为主。到 2004 年，全国 2 903 家国有及国有控股大型骨干企业已有

1 464 家改制为多元股东持股的公司制企业，改制面为 50.4%，但绝大多数是国有控股。政府直接持股的国有企业仍多为国有独资企业，但其经营实体已多为股权多元化的二级子公司。如国务院国资委直接持股非金融类的 128 家央企（至 2010 年 4 月），母公司以国有独资企业为主，26 家为公司，102 家为按企业法注册的企业，但这些独资企业的主要业务都在股权多元化的子公司，如表 3-19 所示央企 10 大企业，除两家电网公司及中化子公司较特殊外，其 90% 以上的业务都在上市子公司。省级国资委直接持股的国有企业一般也有数十家，这些企业中不少是国有独资企业，但其下的经营实体多数也是股权多元化的公司。

表 3-19　2009 年 10 大中央企业集团收入及上市子公司营业收入

	集团收入（亿元）	上市公司收入（亿元）	上市部分比重%
中国石油化工集团公司	13 919.5	13 450	96.63
国家电网公司	12 603.1	0	0.00
中国石油天然气集团公司	12 182.8	10 193	83.67
中国移动通信集团公司	4 901.2	4 521	92.24
中国铁道建筑总公司	3 565.9	3 555	99.69
中国铁路工程总公司	3 474.4	3 464	99.70
中国南方电网有限责任公司	3 124.2	0	0.00
中国建筑工程总公司	2 618.3	2 604	99.45
中国中化集团公司	2 430.3	490	20.16
中国电信集团公司	2 429	2 094	86.21

说明：十大企业数据来源于国资委公布的《中央企业 2009 年度分户国有资产运营情况表》。上市部分资料来源于上市公司年报。国家电网、南方电网是自然垄断的国有独资电网企业，中化集团专营、特许业务较多，故上市公司比重较小。

中国国有企业股份化发展的动因：首先是认识变化，1997 年中共十四大明确"股份制是一种资本组织形式，资本主义、社会主义都可以用"，股份制从"试点"开始成为基本的公司形式，推动了产权多元化；解决众多国有企业资本不足的实际需要；国内资本市场的发展，及允许国有企业海外上市；国有企业改制上市实践证明，国家利用参控股方式，影响甚至控股多元股份公司（含上市公司）。

此外，20 世纪 90 年代初开始，并在 20 世纪 90 年代末形成高潮的集体企业改制也是推动中国企业产权多元化的重要因素。

国有企业经营组织：从工厂制到现代经营组织

企业经营组织，即企业经营的组织结构体系，它受法律规范的影响，但主要是基于企业经营的需要而形成的，总的来看它属生产力组织的范畴。中国企业经营组织的变化主要表现在两方面。一是组织功能从以单一生产功能为主的工厂变为具有较完整市场经营功能的经营组织；二是组织结构从单一工厂变为跨业务、跨地区乃至跨国的大企业、大集团体制。这两方面的变化是相互联系的，功能的全面化使系统复杂化。

中国企业经营组织现代化过程有两条主线，一是国有企业在改革启动后逐步演化发展，二是众多种非国有企业（从个体户到外资企业）经营组织的演化发展。

国有企业在 20 世纪 80 年代初期以前，企业生产功能较强，研发、营销部门很弱。后来营销部门首先发展起来，到 90 年代研发部门又开始得到较大发展。同时，随着经营业务的多元化，直线职能制的经营组织开始向多业务公司的事业部或母子公司体制方向转变。

非国有企业业务经营组织的变化因来源不同差异很大。一些私人企业开始成为较大规模的企业，现代经营组织开始出现及发展，"非家族化"动向在部分企业已经出现；部分非国有企业源于已有较好基础的国有和集体企业的改制。外资企业重视营销、服务和按价值链分工，其矩阵型的组织结构成为中国非国有企业经营组织演变的重要参考。

中国企业经营组织变化有业务发展、规模较大等内部驱动因素，还有外部驱动因素。影响大的一是发展企业集团的政策，二是企业改革，包括改制上市等。

20 世纪 80 年代初期以后，为支持企业发展和解决市场发展不够的问题，国家开始支持包括企业集团在内的各种经济联合体的发展。1986 年 3 月 23 日国务院颁发《关于进一步推动横向经济联合若干问题的规定》，即经济体制改革史上著名的"横向经济联合 30 条"。明确提出横向联合要不受地区、部门、行业和所有制限制；企业之间要以大中型企业为骨干，以优质名牌产品为龙头进行联合；联合可以是紧密型的、半紧密型的，也可以是松散型的；等等。这些政策的出台，推动了大型企业集团的发展。中国现在著名的一汽、东风等大集团都诞生于那个年代。

20世纪90年代后，大量国有企业改制上市，许多行政性公司改组为集团公司，如石油部、有行政权的中石化公司组建成大集团中石油集团、中石化集团。还有些大公司是以并购、行政划拨等手段组成的，如宝钢重组上钢、梅钢等。根据国家统计局统计，截至1997年年底，全国省部级以上部门批准成立的企业集团共2 302个，企业集团个数占全国独立核算工业企业的个数的1.27%，但资产总额却占51.1%。

根据下面简化的中国著名的宝钢集团的经营组织架构（见图3-1），可以看到中国目前的企业经营组织已经相当复杂了，与过去已不可同日而语。

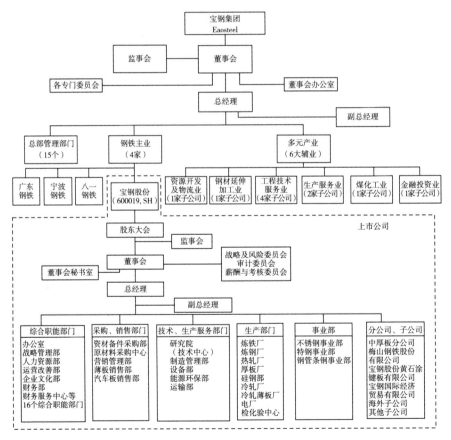

图3-1 宝钢集团组织结构图

宝钢集团的组织有以下特点：整个集团是以宝钢集团公司为母公司的大型企业集团；宝钢钢铁生产经营业务主要在上市公司宝钢股份，2009 年宝钢股份的收入占集团的 76%；宝钢股份有完整的生产经营系统，生产机构 9 个，营销服务机构按产品分为 3 个，其他服务机构 7 个，管理部门 16 个；宝钢集团负责集团的战略管理，负责钢铁日产业务以外的业务，特别是发展业务。

企业治理制度：现代公司治理的形成

企业治理，指的是有关公司控制权和激励与约束机制的一系列制度安排。良好的公司治理制度有利于企业成长，是企业制度最重要的组成部分。

中国的企业治理制度也有三条主线，一是国有企业治理制度的演变；二是私人企业治理制度的演变；三是上市公司治理制度的演变。这三条主线是有交集的，因为首先部分国有企业变成上市公司，以后一些私人企业也变成上市公司。

1. 国有企业：从厂长经理负责制到公司治理

改革开放初期国有企业实行党委领导下的厂长分工负责制。1984 年，中央选择 100 家工业企业进行厂长负责制试点。1986 年 9 月，党中央和国务院颁发《全民所有制工业企业厂长工作条例》、《中国共产党全民所有制工业企业基层组织工作条例》、《全民所有制工业企业职工代表大会条例》，明确提出在国有企业要实行厂长负责制。1986 年 11 月颁布的《关于认真贯彻执行全民所有制工业企业三个条例的补充通知》，进一步提出"全民所有制工业企业的厂长（经理）是一厂之长，是企业法人的代表，对企业负有全面责任，处于中心地位，起中心作用"。另一方面，虽然国有企业厂长是一厂之长，但国有企业中的党委仍对企业经营决策有重要的影响力。1988 年 4 月，七届全国人大第一次会议通过的《企业法》总则中规定"企业实行厂长（经理）负责制"，"中国共产党在企业中的基层组织，对党和国家的方针、政策在本企业的贯彻执行实行保证监督"。

1993 年《公司法》出台以后，国有企业改制成国有控股公司以后，国有控股公司根据公司法，明确了公司股东会的决策，公司董事会负责公司重大决策，经理主要进行日常管理，同时企业开始建立法人治理结构。党的十五届四中全会明确："国有独资和国有控股公司的党委负责人可以通过法定程序进入董事会、监事会，董事会和监事会都要有职工代表参加；董事会、监事会、经理层及工会中的党员负责人，可依照党章及有关规定进入党委会；党委书记和董事长可由一人担任，董事长、总经理原则上分设。充分发挥董事会对重大问题统一决策、监事会有效监督的作用。党组织按照党章、工会和职代会按照有关法律法规履行职责"（1999 年）。这就是中国国有企业给党发挥作用提供了空间或制度安排的公司治理结构。

此外中国国有企业治理结构还有些"中国特点"：政府直接持股的国有企业多数还属于按企业法注册的国有独资的企业，因此这类企业的治理结构是有党委领导的总经理负责制；对中央直属的国有企业，首先是在 1998 年安排了稽查特派员，后是在 2003 年以后安排监事会主席，对国有企业进行独立监察；以董事会试点方式推广有独立董事参加的董事会负责制。

国务院国资委直接持股的国有独资公司从 2003 年开始，在国资委的推动下，开始进行建立和完善董事会试点工作，希望通过国有独资公司董事会试点，完善国有控股公司的治理结构，从而明确受托责任和问责机制，来完善企业内部监督，并通过公司治理实行有效的激励与约束，实现法律和市场监督。到 2008 年，董事会试点企业已由 2004 年的神华集团、宝钢集团等 7 户企业扩大为 19 户，有 14 户企业的外部董事人数超过了董事会全体成员的半数。同时，选择了中国外运进行外部董事担任董事长，以及试点企业现职董事长到其他试点企业担任外部董事的探索。外部董事人数已增加到 65 人，其中有 30 人兼任两户企业的外部董事。

2. 上市公司的治理结构

20 世纪 90 年代以后，中国上市公司逐渐增加。但在初期，上市公司只关心"上市圈钱",此外资本市场普遍存在内幕交易等诸多问题。人们称当时的企业上市不改制。这种情况不利于中国资本市场和上市公司的发展。1999年9月党的十五届四中全会总结中国企业改革,特别是建立现代企业制度试点的试验,及亚洲金融危机与治理结构不好之间关系密切的教训,指出"公司法人治理结构是公司制的核心","充分发挥董事会对重大问题统一决策,监事会有效监督的作用"。2001年8月,中国证监会第一次颁布了改进上市公司治理要求的规则《关于在上市公司建立独立董事制度的指导意见》,要求上市公司以建立独立董事制度为主要内容完善上市公司治理结构。

以后先是国家经贸委,后是国资委,及上海交易所出台了一系列强化上市公司治理的规则,中国上市公司治理结构开始逐步完善,如建立独董制度,强化信息披露等。

表3-20反映了上市公司百强董事会制度情况:有规模较大的董事会,平均11~12人;都有独立董事,平均4人,占董事的1/3。

表3-20　上市公司百强董事会基本特征统计（平均值）

	2010 年	2009 年	2008 年	2007 年
董事会人数（人）	12.0	11.7	11.5	11.2
执行董事人数（人）	2.6	2.9	3.0	2.7
非执行董事人数（人）	5.0	4.7	4.3	4.9
独立董事人数（人）	4.4	4.1	3.9	3.9

资料来源:中国社会科学院公司治理研究中心、甫瀚咨询,《2010年中国上市公司100强公司治理评价》。

3. 建立与市场经济相适应的激励与约束机制

企业的激励与约束机制,主要是指对企业领导人及骨干的激励与约束。在计划经济体制下,国有企业领导人属于国家干部,其职务由国家任免,工资由国家规定。推行承包制时,国有企业领导人收入与企业上缴利税挂钩。20世纪90年代中期以后,国有企业领导人开始实行年薪制。2002年,财政部、科技部制定了《关于国有高新技术企业开展股权激励试点工作的指导意见》,开始在国有高新技术企业中进行股权激励的试点。

2006 年 1 月，国资委和财政部颁布《国有控股上市公司（境外）实施股权激励试行办法》，2006 年 9 月，又颁布《国有控股上市公司（境内）实施股权激励试行办法》，此举表明国有企业股权激励机制开始实施。2006 年 12 月，宝钢股份率先推出股权激励计划。随着国有企业体制改革的进一步深化和股权分置改革的基本完成，股权激励面临的政策法律环境逐渐规范和完善。2006 年各地出台了一系列有关国有企业业绩考核工作的配套办法和政策性文件，积极探索行之有效的考核方式和方法。2006 年 8 月，国务院国资委正式公布了 166 户中央企业 2005 年度经营业绩考核结果。中央企业的关键绩效指标和管理"短板"普遍得到改善。

经济制度变化对企业的影响：
资本制度形成及影响为例

中国的资本制度：形成、发展及对企业的影响

资本制度是市场经济的基本制度，是有关资本要素组织、交易、发挥作用的规则体系，主要包括两个方面的制度：公司资本制度，主要指公司资本结合的规则；资本市场的制度，即资本要素市场的规则。具体地说，前者指股份公司制度，后者主要指股票市场制度。

1949 年以前中国曾有这两方面的制度，而后被逐渐取消了。1978 年改革开始以后，为了"搞活"和联合，首先是具有股份公司特点的合资合股的企业开始出现和发展。以后股份公司制度逐渐产生和增加。在当时改革思想的影响下，在政府的允许下⊖，一些企业开始发行股票，组织股份公司（见表 3-21）。在改革之初，为解决资金短缺和资金问题，政府开始允许实验各种股份制，1987 年党的十三大明确可以进行试行股份制，股份制企业开始较快发展。1988 年年底，全国已经有股份制企业

⊖ 1985 年 8 月 3 日，《经济日报》第一版。吴稼祥、金力佐撰文《股份化：进一步改革的一种思路》。

6 000 多家，但规范不一，规则很乱。1989 年年底中央提出规范股份制发展，股份制发展停顿。1992 年中央明确中国改革的方向是建立社会主义市场经济体制。十四届三中全会确认国有企业可以进行股份制改制上市，但只能是少数，是试点。1997 年中共中央十五大，终于明确提出"股份制是现代企业的一种资本组织形式，社会主义也可以用"。十五届三中全会进一步明确国有大中型企业只要合适都应改为股份制。股份公司制度终于成了中国基本的企业制度，在政治共识形成过程中，法律制度也逐渐完善。1992 年国家体改委出台了《股份制规范化意见》，这是中央政府部门出台的第一个股份公司法规。1993 年，中国通过了公司法，明确 1994 年开始实施，这是新中国第一个公司法。该法明确成立股份公司，需要省级以上的政府批准，但没有所有制限制，私人也可以设立股份公司。该法后来做过两次修改，特别是 2005 年修改了 100 多处，正式明确中国的股份公司实行登记制。

表 3-21　中国股份公司制度的产生

时间	事件
19 世纪 80 年代初	出资企业集资集股联合
1983～1984 年	北京天桥、上海飞乐、深圳宝安等股份公司成立，发行股票
1987 年	十三大明确可以进行试行股份制试点
1988 年	全国有 1 000 多家股份制企业
1990 年 11 月～12 月	沪深股票交易所先后成立
1992 年	国家体改委出台《股份制规范化意见》
1993 年	十四届三中全会明确国有企业实行公司制是有益探索，进行国有企业股份制上市试点
1993 年	新中国第一部公司法出台，1994 年开始实施
1995 年以后	国有企业改制上市增加
1996 年 12 月	证监会通知明确优先发行国家确定的 300 家重点企业，100 家现代企业制度试点企业和 56 家试点企业集团的股票
1997 年	党的十五大明确股份制是现代企业的一种资本组织形式，社会主义可以用
1998 年	中国证券法出台
1999 年	党的十五届三中全会明确国有大中型企业改为股份公司是方向
2005 年	修订公司法，修改 100 多处；修订证券法

资料来源：根据中央全会有关文件、新闻，陈道富（2008 年）、李兆熙、张永伟（2008 年）等编。

以股份公司制度为代表的公司资本制度，在中国的确立根本动因是经济。1984 年中国出现股份公司，重要动因是集资。20 世纪 90 年代股份制能从试点变成方向，根本动因在于发展，当时的国有企业缺少资金，希望利用股份制融资，还希望利用股份制加快企业机制转变，减少政府干预。

资本市场的诞生过程，与股份公司能诞生几乎同时发生，因为向外部发行股票必须有交易。因此 20 世纪 80 年代中期一些企业开始通过金融机构、有关机构及个人发行股票和进行交易。当时已有国债市场，有少数股票开始在交易国债的金融机构营业部交易。为解决中国企业资金十分紧张的问题，1990 年经中国人民银行批准，同年 11 月、12 月沪、深股票交易所先后成立（见表 3-22）。1998 年证券法出台，中国资本市场第一次有了可以遵循的国家法律。1999 年中国开始允许私人企业上市。2001 年中国证监会通过独立董事制度的推出，开始强化资本市场的监管。2005 年证券法做了重大修改。

表 3-22 沪深市数据

数据	年份	1995	2000	2005	2008	2009
市值	上海（亿元）	2 526	26 931	23 096	97 252	184 655
	深圳（亿元）	948	21 160	9 334	24 115	59 284
	合计（亿元）	3 474	48 091	32 430	121 367	243 939
市值占 GDP 比重（%）		5.9	53.8	17.6	40.4	72.7
上市公司数	上海	188	572	834	864	870
	深圳	135	516	547	761	830
	合计	323	1 088	1 381	1 625	1 700

资料来源：《中国证券期货统计年鉴 2009》，历年的《上海证券交易所统计年鉴》、《上海证券交易所市场资料》和《深圳证券交易所市场统计年鉴》。

资本制度对企业的影响：战略、组织及互动

资本制度对企业的影响，首先是对企业战略的影响。影响集中表现在两个方面。一是企业投入产出模式发生变化，企业有了更大的发展主

动权。企业能从其他投资者和市场获得过去短缺的资本资源，国有企业可以更主动地决定自己的发展战略，民营企业可以提前实施自己的战略；二是企业学会用并购等方式实施企业发展战略。举两个例子：云天化和复星。

云天化是云南的国有企业，地处边远的金沙江畔，原来是一家靠四川天然气生产氮肥的工厂，现成为年收入过300亿元，在2009年中国企业联合会公布的中国企业500强中排位第194位，磷肥中国第一、世界第二，还生产氮肥、玻璃纤维及其他化工产品的大型企业集团。1997年上市时收入约7亿元，13年时间收入上升数十倍。云天化的成功在于公司发展磷肥的战略与资本市场相结合。云南磷矿丰富，云天化在20世纪90年代就想进入磷化工产业，但国企的行业分工体制使其进入困难。云天化利用自己上市后资金较丰富的优势，采取收购地区磷肥企业和投资外地磷肥企业的方式，首先积累有关经验。以后因云南占据主要磷资源的国营磷肥企业缺乏资金，经营十分困难，云天化主动表示愿提供改组资金收购整合困难企业。云南省政府同意了云天化的方案。改组收购企业后，云天化在推进各种改革措施的同时，利用资本市场的实力跟上技术改造投资，仅数年时间，云天化的磷肥项目就获得成功。

上海复星是中国著名的私人拥有的综合类产业性投资集团。1992年成立时，公司仅是一个只有9人的小型咨询公司，以后他们开始发展生物制品业务，积累了公司的第一桶金。但公司的真正发展是1998年上市以后。复星起家时的生物制品业市场不大。上市以后，靠与资本市场对接形成的资本实力，复星开始进行更广泛的实业投资。复星按控制经营原则，先后投资了钢铁、零售、地产、金融等若干规模大、成长性好的产业项目，复星获得了成功发展。复星十分重视资本市场的作用：利用资本市场融资进行相应的投资，出售资产套现积累投资实力，利用资本市场并购发展。根据中企联中国企业500强数据，2009年，复星集团收入361亿元，利润24.5亿元，已成为中国最有实力的民营投资集团。

云天化和复星两家公司都上市较早，成功地利用了在资本市场较早上市的先发优势，但先发优势能真正转化为公司的成长和效益，又有赖于公司战略选择和实施的恰当。

资本制度的演变和发展，还对中国企业的组织制度产生重大影响，一是影响了企业的治理制度，二是影响了企业的经营组织及管理制度。

资本制度对企业治理制度的影响在国有企业和私人企业有所不同。中国国有企业一般是政府股东控股的，受传统体制影响，政府股东一般能给大的架构带来很多问题。国有企业上市后，由于众多中小股东的进入和资本市场规则的要求及压力，国有企业政府股东的不当干预受到日益严格的限制。私人企业过去多为个人或朋友、兄弟创业，公司做大后，"家族化"成了公司进一步发展的重要问题。但私人企业上市后，资本市场的压力促进企业加快"脱家族化"的进程。

中国大企业或大公司在组织体制上与国外公司相比有共同之处，如实行直线职能、事业部管理体制等，但同时亦有不同之处。突出的不同，一是上市公司之上往往还有国有控股企业或家族控股企业，二是在业务管理上母子公司体制与总分部体制更普遍。第一个不同，与中国国情关系密切，很多国有企业的上市是从原企业分离一块质优资产上市的，私人（含朋友合伙）企业上市时由于文化、历史等原因也不希望个人直接持股那么明显。第二个不同有多个来源，利用子公司形式可以更好地利用他人资源（如吸收他人入股）发展，还与税制及中国的团队文化的现代化程度不够有关。中国资本制度的发展，总体地看推进了中国企业经营管理组织的现代化，但受认识、法律及历史的影响，亦带来了一些需要进一步解决的负面东西。

中国资本制度对中国企业的另一个重要影响，是促进了企业管理的规范。这与资本市场压力有关，还与中国资本市场监管体系逐渐完善有关。上市公司要对股东及一般投资者负责，但是国有、私人控制的上市公司，在相当一段时间内没有"股东意识"。靠政府推动建立的资本市场，当然要靠政府推动完善市场。2001年中国证监会明确要通过建立独立董事制度等完善上市公司治理，以后有关规则不断强化（见图3-2）。这对企业，尤其是私人企业改制的上市公司的规范化管理起了重要促进作用。

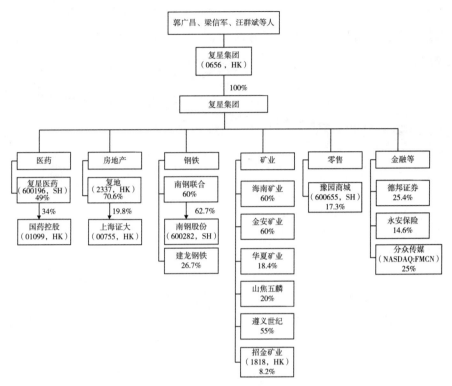

图 3-2 复星集团组织结构图（截至 2010 年 3 月 24 日）

资本制度与企业发展的互动影响

中国资本制度产生并发展以后，如前所述，对中国企业的发展和管理的演变发生了重大影响。但是中国企业的发展也对中国资本制度的发展和完善发挥了重要作用。

从源头看，是先有中国企业家及企业的实践才推动了中国公司制度和证券制度的诞生。20 世纪 80 年代初，中国政府及理论界已认识到股份公司制度的意义。但当时的中国，也有反对和怀疑者，首先是一些企业提出要股份集资，地方政府同意了，企业就行动起来了。正是企业的实践推动了政治共识的形成和政府支持的决策。在公司制度和资本市场制度成长的过程中，企业家及企业又起了重要作用，基于切身利益，很多优秀企业家以人大代表、政协委员的身份提出修改法律的建议。更多的推进是针对具体问题提出建议，或在法律允许的范围内变通推进改革。企业及企业家敢于尝试，敢于实践，就成为推动资本市场制度发展和完善最重要的力量。一些企业到海外投资，而后将海外的经验引进中国，在国内推广。

第 4 章

对外开放及其对企业的影响

▌ 对外开放的进程：渐进开放和全方位开放 ▌

改革开放 30 年来，中国经济从高度封闭的状态逐步变化为开放的状态，对外开放从沿海到沿江、沿边，从东部地区到中西部地区，从贸易到投资，从货物贸易到服务贸易，从"引进来"到"走出去"，逐渐形成了全方位、多层次、宽领域的对外开放格局。

起步和发展（1978～1993 年）：分批开放城市、外贸体制改革和吸引外资

先试验后推广，城市开放逐步扩大。开放城市或地区的含义是，全国的对外经济管理体制和政策未做调整或调整不大的情况下，在这些地方首先实行程度不同的更开放的政策，如实行更低的所得税率、更宽松的投资和贸易管制措施，以吸引投资、发展对外经济活动。开放城市是逐步增加的，这使中国在相当封闭的情况下就能启动开放的进程，通过实践逐步实现与全球经济的接轨（见表 4-1）。1979 年，对广东、福建两省的对外经济活动给以更多的自主权，扩大对外贸易。1980 年，设立深圳、珠海、汕头、厦门经济特区，成为我国对外开放的先导示范基地。1984 年，开放大连、秦皇岛等 14 个沿海港口城市。1985 年，将长江三角洲、珠江三角洲、闽南厦漳泉三角地区开辟为沿海经济开发区。1988 年，开放辽东半岛和山东半岛，设

立海南经济特区。1990 年，开发和开放上海浦东。1991 年，开放满洲里、丹东、绥芬河、珲春 4 个北部口岸。1992 年，开放重庆、岳阳、武汉、九江、芜湖 5 个沿江城市和三峡库区；开放哈尔滨、长春、呼和浩特、石家庄 4 个边境和沿海地区省会城市；开放黑河、二连浩特等沿边城市；开放太原、合肥等 11 个内陆省会城市。

表4-1　开放地区及政策

时间	事件	主要政策
1980 年 3 月	在深圳、珠海、汕头和厦门设立经济特区	（1）特区企业进口生产进口关税，对必需的生活用品可以减免税，企业所得税税率减半；（2）合法利润可汇出；客商再投资 5 年以上者，可减免用于所得税
1984 年 5 月	开放大连等 14 个沿海港口城市	（1）放宽利用外资建设的审批权限；（2）增加外汇使用额度和外汇贷款；（3）1990 年以前免征关税和进口工商统一税支持利用外资、引进先进技术；（4）有条件允许外商独资；（5）兴办经济技术开发区，政策比照特区
1985 年 2 月	分两步开放长江三角洲、珠江三角洲、闽南厦漳泉三角地和辽东半岛、胶东半岛	（1）适当扩大项目审批权限；（2）有企业所得税八折，免征关税和进口产品税或增值税政策；（3）扩大外贸出口经营权
1988 年 4 月	设立海南省，同时兴建海南经济特区	（1）对外经济合作方面要给以较多的自主权；（2）授海南省人民代表大会及其常务委员会法规制定权
1990 年 4 月	开发和开放上海浦东	优惠政策：税收同特区，出口年产值 70% 以上减按 10% 征税；能源、交通项目的外资企业，经营期在 15 年以上的可从开始获利年起，5 年免征，6～10 年减半征税；多类项目免征工商统一税；合资外方，利润汇出免征汇出额所得税
		支持政策：设立"浦东发展基金"支持浦东建设；试办中外合资外贸公司；允许在税区开展除零售外的保税经营，扩大服务贸易；允许个别外资银行经营人民币业务
1991 年	开放满洲里等 4 个北部口岸	
1992 年 7 月	对外开放：（1）重庆等 5 个长江沿岸城市；（2）哈尔滨等 4 个边境、沿海地区省会（首府）城市；（3）太原等 11 个内陆地区省会（首府）城市	实行沿海开放城市的政策；对上述城市符合产业政策的进口设备，和国内不能满足供应的为发展出口农业而进口的加工设备，在 1995 年年底以前，免征进口关税和产品税（增值税）

时间	事件	主要政策
1992 年 3 月	进一步开放黑龙江省黑河市、绥芬河市、吉林省珲春市和内蒙古自治区满洲里市 4 个边境城市	（1）授予四市管理边境贸易和经济合作的一定权限；（2）"八五"期间对为发展边贸和加工技术改造的生产资料，免关税和产品税（或增值税）；（3）外资企业所得税率可减按 24% 征
2006 年 5 月	天津滨海新区	（1）金融改革和创新可安排在滨海新区先行先试；（2）开展农村集体建设用地流转及土地收益分配、增强政府对土地供应调控能力等方面的改革试验；（3）设立天津东疆保税港区；（4）高新技术企业，减按 15% 的税率征税；比照东北等老工业基地的优惠政策，对内资企业予以提高计税工资标准的政策
2010 年 1 月	推进海南国际旅游岛建设	（1）在基础设施、生态建设等方面赋予西部大开发政策；（2）抓紧研究、试行购物离境退税的具体办法和离岛旅客免税购物政策；（3）增加入境免签证国家等更加开发政策

改革外贸经营管理体制，调动各方面出口的积极性。 改革开放之前，我国实行高度集中统一的外贸经营管理体制，国家集外贸经营、管理于一体，统负盈亏。改革开放初期外贸体制改革的着力点，主要是从政府直接管理向间接调控过渡，由指令性计划为主向市场调节为主转变；国家逐步开始运用价格、汇率、利率、退税、出口信贷等经济手段发展对外贸易。在大力改革外贸宏观调控体系的同时，对原有高度集中的经营体制也实行了大刀阔斧的改革。主要是对国有外贸企业实行承包经营责任制；核定地方和外贸总公司的出口收汇、上缴外汇和经济效益指标；取消对出口的财政补贴，大力推行外贸企业自负盈亏。实行以大类商品区分的全国统一的外汇留成比例办法，为企业平等竞争创造条件。

实施"引进来"战略，吸引外资开始起步、发展。 改革开放前我国基本没有利用外资。改革开放初期，我国利用外资以对外借款，特别是政府贷款为主，且总体上呈扩张趋势，形成了以劳动密集型加工贸易为主的外商投资格局。总体上看，这一时期吸引外资处于起步阶段，利用外资规模较小，质量较低；总量少，单位项目投资量小。1983 年，我国实际使用外资 22.6 亿美元，其中外商直接投资 9.2 亿美元；1990 年，实际使用外资 102.9 亿美元，其中外商直接投资 34.9 亿美元。进入 20 世纪 90 年代，尤其是邓小平"南方谈话"之后，吸引外资进入高速发展时期，1993 年我国实际利用外资增长 150% ，达 275 亿美元（见表 4-2）。

表 4-2　1978～1993 年中国对外开放主要指标情况

年度	进出口		出口		进口		实际利用外资额		境外投资中方投资额（亿美元）
	总额（亿美元）	增长率（%）	金额（亿美元）	增长率（%）	金额（亿美元）	增长率（%）	金额（亿美元）	增长率（%）	
1979	293.3	42.0	136.6	40.2	156.8	43.9	—	—	0.005 3
1980	378.2	28.9	182.7	33.8	195.5	24.7	17.7	—	0.31
1985	696.0	30.0	273.5	4.6	422.5	54.1	19.6	37.8	0.47
1990	1 154.4	3.4	620.9	18.2	533.5	-9.8	34.9	2.8	0.77
1993	1 957.0	18.2	917.4	8.0	1 039.6	29.0	275.2	150.0	0.97

说明：增长率是指比上年增长率。

资料来源：《当代中国的对外经济合作》1989 年版；《中国对外经济贸易年鉴》1984～2000 年。

快速发展（1994～2000 年）：汇率并轨、扩大吸引外资和海外上市

改革外汇管理体制，实现汇率并轨（见表 4-3），**鼓励出口**。改革开放初期，我国的汇率体制从单一汇率制转为双重汇率制，经历了官方汇率与贸易外汇内部结算价并存（1981～1984 年）和官方汇率与外汇调剂价格并存（1985～1993 年）两个汇率"双轨制"时期。1993 年 12 月，国务院颁布《关于进一步改革外汇管理体制的通知》，对外汇管理体制有步骤地进行改革，实现人民币官方汇率和外汇调剂价格并轨；建立以市场供求为基础的、单一的、有管理的浮动汇率制；取消外汇留成，实行结售汇制度；建立全国统一的外汇交易市场等。1994 年 1 月 1 日，人民币官方汇率与外汇调剂价格正式并轨，开始实行以市场供求为基础的、单一的、有管理的浮动汇率制。企业和个人按规定向银行买卖外汇，银行进入银行间外汇市场进行交易，形成市场汇率。1997 年亚洲金融危机爆发后，中国主动收窄了人民币汇率浮动区间。此后，外汇管制进一步放宽。外贸体制改革进入法制化阶段，1994 年《中华人民共和国对外贸易法》颁布实施，进一步贯彻出口退税制度，实行有利出口的信贷政策。

进一步加大吸引外资力度。20 世纪 90 年代，中央确定了积极合理有效利用外资的方针，吸收外资进入高速发展时期，如表 4-4 所示。1992～2000 年，实际使用外商直接投资 3 233 亿美元，年均利用外资金额达到 359 亿美元，超过 1986～1991 年的 10 倍。2000 年年末，外商投资企业由 1980 年的仅 7 户增加到 20.3 万户。各地竞相推出优惠政策吸引外资，对外资方进入中国的限制有所放松，开始运用产业政策手段调整外资投资方向，1995 年发布《指导外商投资方向暂行规定》和《外商投资产业指导目录》，使外商投资方向与中国国民经济和社会发展规划相适应，并有利于保护投资者的合法权益。

表 4-3　中国历年汇率

年度	汇率（1 美元兑人民币元）	年度	汇率（1 美元兑人民币元）
1981 年	1.7	1995 年	8.35
1985 年	2.94	2000 年	8.28
1990 年	4.78	2005 年	8.19
1993 年	5.76	2008 年	6.95
1994 年	8.62	2009 年	6.83

资料来源：《中国统计年鉴》。

表 4-4　1994～2000 年中国对外开放主要指标情况

年度	进出口		出口		进口		实际利用外资额		境外投资中方投资额（亿美元）
	总额（亿美元）	增长率（%）	金额（亿美元）	增长率（%）	金额（亿美元）	增长率（%）	金额（亿美元）	增长率（%）	
1994	2 366.2	20.9	1 210.1	31.9	1 156.2	11.2	337.7	22.7	0.7
1995	2 808.6	18.7	1 487.8	23.0	1 320.8	14.2	375.2	11.1	1.06
1998	3 239.5	-0.4	1 837.1	0.5	1 402.4	-1.5	454.6	0.5	2.59
2000	4 743.0	31.5	2 492.0	27.8	2 250.9	35.8	407.2	1.0	5.51

说明：增长率是指比上年增长率。

资料来源：《中国对外经济贸易年鉴》2001～2002 年；《中国商务年鉴》2003～2005 年。

中国企业开始境外上市融资。1993 年 6 月，青岛啤酒股份有限公司在香港发行上市，成为中国内地首家在香港上市的 H 股。1994 年 8 月，山东华能发电股份有限公司在纽约证券交易所发行上市，成为中国内地首家在纽约上市的 N 股。1997 年 3 月，北京大唐发电股份有限公司在伦敦证券交易所挂牌上市，成为中国内地首家在伦敦上市的 L 股。1997 年 5 月，天津中新药业在新加坡证券交易所发行上市，成为中国内地首家在新加坡上市的 S 股。海外上市不仅拓宽了企业融资渠道，也成为中国企业实现国际化的重要途径。

水平提高（2001 年之后）：加入 WTO、嵌入全球化和"走出去"

对外贸易进入新一轮高速增长。2001 年加入世界贸易组织（WTO）后，我国系统调整、清理原有法律法规，按世贸规则建立了新《外贸法》、《货物进出口管理条例》及配套部门规章的三级法律框架体系，使货物进出口管理实现了法律化和规范化；降低了关税与非关税壁垒，实行国民待遇原则。加入世贸组织以来，我国积极参与经济全球化进程，抓住国际产业转移的历史性机遇，成功应对各种挑战，对外贸易赢得了历史上最好最快的发展时期。2001 年我国进出口总值为 5 097 亿美元，2004 年首次突破 1 万亿美元大关，2007 年再破 2 万亿美元大关，2008 年达到 25 616 亿美元，比 2001 年增长了 4 倍多。2002～2008 年，我国进出口总值以年均 25.9% 的速度增长。我国的进出口总额在世界贸易中的地位不断提升，1990 年列第 15 位，2001 年入世后列第 6 位，2004～2006 年稳居第 3 位，2007～2008 年上升到第 2 位，我国已成为全球重要的制造业加工生产基地。

外商投资规模迅速扩大，产业结构改善，带动力增强。2001～2008 年，实际使用外商直接投资 5 043 亿美元，年均 630 亿美元。其中，2008 年我国实际使用外资 952.5 亿美元，比 1983 年增长 41 倍；外商直接投资 924 亿美元，增长 99.4 倍；外商直接投资相当于国内生产总值的比重由 1983 年的 0.3% 提高到 2.1%。至 2008 年年底，已有来自世界的 211 个国家和地区的外商在华投资。投资产业结构得到很大改善，外商投资的重点由一般制造业发展到高新技术产业、基础产业、基础设施建设，尤其是近几年外商投资于研发中心、集成电路、计算机和通信产品等高技术项目明显增加，商业、外贸、电信、金融、保险等服务业逐渐成为外商投资的新热点。投资形式更加多样化，由以绿地投资为主逐步发展为绿地投资、并购投资和国际资本市场融资等多种方式相结合。外商投资企业在促进国民经济增长、带动产业技术进步、扩大出口、提供就业和增加财政收入等方面，发挥着日益重要的作用。2008 年，占全国企业总数 3% 左右的外商投资企业创造的工业产值占全国的 29.7%，实现出口额占全国的 55.3%，进口额占 54.7%，缴纳税收占全国的 21%，直接吸纳就业 4 500 万人。

实施"走出去"战略，对外直接投资规模快速增长。改革开放初期，我国只有少数国有企业主要是贸易企业走出国门，设立代表处或企业。随着对外开放步伐的加快，特别是加入世界贸易组织以来，我国企业对外投资进入快速发展时期。2003 年，我国非金融类对外直接投资达 29 亿美元，2008 年上升到 407 亿美元，2004 ~ 2008 年年均增长 69.6%。目前，国内 7 000 多家境内投资主体在全球 170 多个国家和地区设立境外直接投资企业超过 1 万家。对外投资形式逐步多样化，由单一的绿地投资向跨国并购、参股、境外上市等多种方式扩展，跨国并购已经成为对外投资的重要方式。2003 ~ 2007 年，通过跨国并购实现对外投资约 220 亿美元，占同期对外投资总量的 1/3。对外投资领域不断拓宽，对外投资层次和水平不断提升。资源、电信及石油化工等行业成为我国对外投资的主要领域，金融业也成为继采掘业、制造业和商务服务业之后又一对外投资的重要领域。一批境外研发中心、工业产业集聚区逐步建立，境外经济贸易合作区域建设取得重要进展（见表 4-5）。

表 4-5　2001 ~ 2008 年中国对外开放主要指标情况

年度	进出口		出口		进口		实际利用外资额		非金融类对外直接投资	
	总额(亿美元)	增长率(%)	金额(亿美元)	增长率(%)	金额(亿美元)	增长率(%)	金额(亿美元)	增长率(%)	中方投资额(亿美元)	增长率(%)
2001	5 097	7.5	2 661	6.8	2 436	8.2	469	15.1	7.1	
2002	6 208	21.8	3 256	22.3	2 952	21.2	527	12.5	9.8	25.2
2003	8 510	37.1	4 382	34.6	4 128	39.9	535	1.4	20.9	
2004	11 548	35.7	5 934	35.4	5 614	36.0	606	13.3	37.1	
2005	14 221	23.2	7 620	28.4	6 601	17.6	603	- 0.5	69.0	25.8

（续）

年度	进出口		出口		进口		实际利用外资额		非金融类对外直接投资	
	总额（亿美元）	增长率（%）	金额（亿美元）	增长率（%）	金额（亿美元）	增长率（%）	金额（亿美元）	增长率（%）	中方投资额（亿美元）	增长率（%）
2006	17 607	23.8	9 691	27.2	7 916	20.0	695	−4.1	161	31.6
2007	21 738	23.3	12 180	25.7	9 558	20.8	748	136.6	187	6.2
2008	25 616	17.8	14 286	17.2	11 331	18.5	924	23.6	407	63.6

说明：增长率是指比上年增长率。从 2002 年开始以非金融类直接投资核算。

资料来源：《中国对外经济贸易年鉴》2001～2002 年；《中国商务年鉴》2003～2005 年；商务部、统计局联合发布《中国对外直接投资统计公报》2003～2004 年。

对外开放对企业环境的影响

伴随着经济全球化，对外开放使中国经济日益融入全球经济体系，中国企业或被动、或主动地面对由对外开放所带来的经营环境的变化，进而引起中国企业在战略、管理行为等方面的适应或调整，这构成了中国式管理特质的背景基础。

改变需求结构，扩大市场规模

1. 国内需求：创造、扩大和多样化

创造新需求。国外新品的进口及外资在中国投资生产新的产品加快了新兴产业在中国的发展，进而创造了新的需求，如移动通信设备行业、数字电子消费品行业等。国内消费市场对这些进口和外资企业产品的接受和认可，也为中国企业创造了机会，降低了教育消费者的成本。外资先行带动中国产业发展存在的问题是，由于外资企业的先发优势及其技术优越性，中国企业一进入市场就面临激烈的竞争，例如中国手机企业诞生时就面临强大的外资企业压力。外资在传统行业以其丰富的经营经验和以需求为导向的营销策略，发现了新的需求或填补了原有的市场空白。例如在日用精细化工产品行业，美国宝洁公司的进入开发了多元化的洗发水细分需求，其营销模式从根本上改变了原有中国洗发水行业的销售、购买方式，

市场中原有的中国国有企业大多数都被外资企业兼并、收购或重组，后起的民营企业也基本上用外资企业的营销模式与其竞争。在这个领域外资企业一直居控制性地位。

扩大原有需求。外资利用其先进的生产技术、工艺以及产品设计、营销方式等改善了产品生产，增加了产品品种，在某些行业还提高了产品质量，使国内原有的需求扩大，创造了更大的市场。例如，在饮料制造业中，可口可乐和百事可乐以其独特的口味、铺天盖地的广告和促销活动等一系列营销措施，扩大了国内原有的碳酸饮料市场和需求，使中国碳酸饮料市场总额成本增长，啤酒行业情况也类似。不同的是，碳酸饮料市场外资占据控制地位，啤酒市场上中国企业尚有重要份额。

同类需求的多样化与提高。对外开放的深入使国内市场日益受到经济全球化的影响，国内外消费信息交流加快；随着国民经济增长，社会需求总量扩大，个人消费差异拉大；以及外资企业以不同于国内企业产品市场定位的战略和策略等因素，国内消费需求日益多样化，高档次的需求增多。例如中国汽车工业近20年基本上都在外资的"割据战"中发展，外资企业的大规模进入对近年发展起来的家庭轿车市场需求产生了主导性的日益多样的影响。

消费需求地位的改变。从20世纪90年代末起，国内多个行业从卖方市场转为买方市场，这些行业很多都是外资进入较早的行业，市场竞争比较充分。随着跨国公司进入中国步伐的日益加快以及在华战略的调整，面临世界500强中已有400多家进入的情况，中国市场实质上已经成为世界级市场，国内市场已一定程度地与国际接轨。激烈的竞争使中外企业不能忽视消费需求，需要从产品品质、技术含量、营销策略等方面满足消费需求、突出企业的独特性以获得市场份额。居民消费心理趋于成熟，消费行为更加理性，对外资企业产品不再盲目推崇，内外资企业的竞争条件日益均等。

2. 国际市场：扩大与升级

国际市场需求不断扩大。国际市场需求因中国逐渐成为"世界工厂"而不断增大，越来越多的行业都对中国制造产品有巨大需求，中国制造产品在国际市场份额不断增大。尽管大多数中国制造产品处于传统产业的国际低端市场，尽管美国、欧盟针对中国制造的反倾销、反补贴等贸易对抗措施接连不断，但物美价廉的中国产品不断赢得全球消费者青睐，市场竞争力不断提高。1978 年以来，随着进出口规模迅速扩大和出口竞争力显著增强，相应的顺差大幅增加。1995 年贸易顺差首次突破百亿美元大关，达到 167 亿美元。2005 年一举突破 1 000 亿美元，2007 年突破 2 000 亿美元，2008 年接近 3 000 亿美元。货物贸易的大额顺差导致国际收支经常项目出现了长期顺差状态，外汇储备大幅增长，2008 年年末达到 1.9 万亿美元，成为全球外汇储备第一大国。

出口产品结构不断升级。20 世纪 90 年代以来，我国实现了从以轻纺等劳动密集型产品出口为主向以机电和高新技术产品等资本技术密集产品为主的转变。1978 年我国机电产品出口 6.59 亿美元，占出口总额的 6.8%；1990 年机电产品出口 111 亿美元，占 17.9%。1995 年以来，机电产品出口连续保持我国第一大出口商品地位。2008 年，机电产品出口 8 229 亿美元，占出口总额的比重达 57.6%。1999 年，我国开始实施"科技兴贸"战略，自此之后高科技产品出口贸易快速发展，在对外贸易中的比重大幅提高。2008 年，高新技术产品出口 4 156 亿美元，占出口总额的比重由 1998 年的 11% 提高到 29.1%。1979～2008 年，机电产品出口年均增长 26.8%，比同期全部货物贸易出口年均增速高 8.7 个百分点。出口市场结构也逐步走向多元化，目前机电产品出口已覆盖 220 多个国家和地区。

充分发挥比较优势、积极承接国际产业转移，成为世界重要制造业基地。改革开放初期，一般贸易是我国对外贸易的主要方式。随着我国对外开放步伐不断加快，在充分发挥我国劳动力等资源比较优势、积极承接国际产业转移的基础上，加工贸易逐渐成为对外贸易的主要方式。通过发展"两头在外"的轻纺和机电、电子等产业的加工贸易，我国出口市场不断扩大、国际竞争力大幅增强、产业升级和技术进步步伐不断加快，新中国逐渐发展为制造大国，"中国制造"已经遍布世界各地。1978 年，广东省签订了第一份来料加工协议，我国加工贸易开始起步。1981 年，加工贸易为 26.4 亿美元，仅占我国进出口贸易总额的 6%。1995 年，加工贸易出口比重首次超过一般贸易，并保持了快速增长。2008 年，加工贸易增加到10 536 亿美元，占进出口总额的比重提高到 41.1%。其中，加工贸易出口由 1981 年的 11.31 亿美元增加到 2008 年的 6 752 亿美元，占出口总额的比重由 5.1% 提高到 47.3%；进口由 15 亿美元增加到 3 784 亿美元，占进口总额比重由 6.8% 提高到 33.4%。1982～2008 年，加工贸易进出口年均增长 24.8%，高于同期进出口总额年均增速 8.6 个百分点；其中加工贸易出口增长 26.7%，比同期出口总额年均增速高 10 个百分点；加工贸易进口年均增长 22.7%，比同期进口总额年均增速高 7 个百分点。

服务贸易从无到有，发展迅速，结构升级。改革开放前，我国除了对外援建项目和少数外国友人来华旅游外，基本没有对外服务。改革开放以来，我国在大力发展对外货物贸易的同时，积极开展对外服务贸易，发展国际旅游，开展国际间经济、科技以及学术文化等合作与交流，既把中国元素推向了世界，也引进了先进的管理理念、管理经验和科学技术，改变了城乡居民的思想观念、生活观念和生活方式。尤其是中国在加入世贸组织谈判中，对服务贸易对外开放做出了广泛而深入的承诺，涵盖了《服务贸易总协定》12 个服务大类中的 10 个，涉及总共 160 个小类中的 100 个，占服务部门总数的 62.5%。当前，基本形成了以旅游、运输服务为基础，以通信、保险、金融、计算机信息服务、咨询和广告等新兴服务贸易为增长点的服务贸易全面发展格局，服务贸易已经发展成为我国对外贸易的重要组成部分。2008 年，我国服务贸易进出口总额由 1982 年的仅 44 亿美元上升到 3 045 亿美元；占我国全部对外贸易总额的比重由 9.4% 上升到10.6%；服务贸易占世界服务贸易总额的比重由 0.6% 提高到 4.2%；居世界位次由第 34 位上升至第 5 位。高附加值服务行业快速发展，保险、计算机和信息服务、咨询等高附加值服务贸易出口显现出强劲的增长势头，在服务贸易出口中的比重不断提高。

加快要素流动，提高资源供给

1. 提升供应能力，扩大资源来源

提升国内供应能力。随着外商投资的重点由一般制造业发展到高新技

术产业、基础产业、基础设施建设，这些领域的供应能力和供应水平不断提升。近几年外商投资于研发中心、集成电路、计算机和通信产品等高技术项目明显增加，商业、外贸、电信、金融、保险等服务业逐渐成为外商投资的新热点，带动这些行业总体服务水平与国际水平接轨。

利用海外资源支持经济发展。通过对外经济合作，我国换取了国内短缺的资源，实现了资源来源的多样化，促进了国民经济的可持续发展。目前，我国境外资源合作已涵盖油气、固体矿产、农业、林业、渔业等众多领域，与30多个国家建立了资源能源长期合作关系。20世纪90年代中国企业海外投资年均额20~30亿美元。进入21世纪，中国对外投资较快发展。2002~2008年，中国对外非金融投资已从20多亿美元上升到500多亿美元，投资的主要目的是获得海外的自然资源、市场资源（品牌、渠道）和技术。这方面的进展，未来会进一步发展。

2. 提高人才素质，促进人力资源国际化

外商投资企业训练了一批新型的中国管理人才和技术人才。通过各种层次技能培训，在外企工作的众多员工开阔了视野、提升了能力。随着人才流动的增加，示范、带动效应十分显著。特别是一些由国有企业与外商组建的合资企业，培养的中方代表往往受"组织关系"的制约，在中方企业和合资企业中流动，对中方企业接受国际先进的管理思想、提高和改善中国企业内部管理水平等方面起到了非常重要的积极作用。外资的进入还推动了中国经理人市场的建立，促进了中国企业对经理人、高级管理人才的认识。一方面，外资企业培养和训练了众多经理人，另一方面，中国对服务业市场准入的不断开放，外资"猎头"公司的进入加速了经理人市场和高级劳动力市场的建立。中国企业包括民营企业和国有企业开始利用经理人市场作为高级人力资源的来源。另外，经理人市场的外部性效应还体现在促进了中国企业尤其是民营企业对公司治理的认识。

企业人力资源越来越国际化。高级人力资源可用性的变化还来自一些中国企业开始利用海外资源为己服务。随着"走出去"步伐的加快和对外投资形式的多样化，中国企业利用国外高级管理和技术人才成为可能。例如，华为技术有限公司在美国、印度、瑞典、俄罗斯等地以及国内设立了

12 个研究所，建立全球同步研发体系，充分利用国外的高级技术人才。中国企业跨国并购热潮也显示出，中国企业开始利用海外的高级管理人力资源。这些高级人力资源的利用及其产生的企业内部的知识流动，都对中国企业的管理产生了深远的影响。

3. 资本资源国际化

国内企业利用国际资本。随着对外开放的深入，资本自由化进程推进，中国企业融资投资的多样性提高，中国企业可用的资本要素来源从境内资本扩展到境外资本。境外资本非直接生产建设的进入形式主要表现为中国允许外资收购境内上市公司、让外资作为战略投资者参与国有企业的改革与重组、推出"合格境外机构投资人"制度（QFII）允许合格的境外机构投资者投资境内证券市场等，同时，随着服务业对外国投资者的开放、国有企业和国有商业银行的民营化加速、社会保障制度改革推进、信息技术产业的发展等都对外国直接投资和证券投资产生了巨大需求，加快了中国企业在境内对境外资本的利用。

境内资本开始"走出去"。随着企业对外投资领域不断拓宽，对外投资层次和水平不断提升，境内资本开始在国际市场发挥积极作用。资源、电信及石油化工等行业成为我国对外投资的主要领域，金融业也成为继采掘业、制造业和商务服务业之后又一对外投资的重要领域，一批境外研发中心、工业产业集聚区逐步建立。对外投资形式逐步多样化，由单一的绿地投资向跨国并购、参股、境外上市等多种方式扩展，跨国并购已经成为对外投资的重要方式，境内资本逐步不断融入国际资本市场。

市场竞争国际化，促进中国产业升级

1. 国内市场逐步国际化，使国内竞争成为国际竞争

国内市场逐步全面开放（表4-6）。改革开放初期中国优先开放第一、第二产业中的一些领域，允许外商投资于宾馆、服务设施等有国外游客、需要国际化水平服务的少数第三产业领域。1992 年以后开始逐步放宽允许外商投资的领域，过去视为禁区的商业、外贸、金融、保险、航空、律师、

表4-6　国内各行业开放情况

阶段	行业	开放的进程
1995年以前	金融	到1995年6月底，中国已批准建立各种外资金融机构139家；已开放的允许建立外资金融机构的试点城市有24个；外资金融机构尚只能经营外汇业务，而不能经营人民币业务
	保险	外国保险机构可以在上海和广州通过设立外国保险公司分公司和中外合资保险公司两种形式提供保险服务。到1995年6月底，在上述两个试点城市共批准设立了4家
	商业零售	到1995年6月底，中国共批准设立14家中外合资的商业零售企业。不允许设立外商独资的商业零售企业和中外合资的批发企业
	对外贸易	外商可以在中央政府批准设立的13个保税区内从事外贸业务，成立相应的企业从事转口贸易和为保税区企业代理生产用的原材料、零配件的进口及产品的出口
	民用航空	允许外商以合资、合作方式在中国境内投资建设民用机场（军民合用机场除外，下同）飞行区（包括跑道、滑行道、停机坪），中方出资应在企业注册资本中占51%以上，董事长、总经理由中方人员担任；投资建设民用机场飞行区的外商投资企业经批准可适当扩展其经营范围； 允许外商以合资或合作方式设立航空运输企业，注册资本或实收资本中所占比例不得超过35%
	法律服务	经司法院批准，外国律师事务所可以在中国境内设立办事处，并向国家工商行政管理局申请登记
	会计服务	允许年收入达到2 000万美元、人员在200名以上的外国会计师事务所经市场测试后在中国的发达地区设立办事处
1995年《指导外商投资方向暂行规定》	鼓励行业	交通运输、邮电通信业：铁路运输技术设备；地方铁路及其桥梁、隧道、轮渡设施的建设、经营；公路、港口机械设备及其设计、制造技术；城市地铁及轻轨建设、经营；公路、独立桥梁和隧道、港口设施的建设、经营；民用机场的建设和经营；900兆赫数字蜂窝移动通信设备制造；5次群以上同步光纤、微波通信系统、计量设备制造
	限制行业	服务业：出租汽车、加油站；交通运输、邮电通信业：干线铁路建设经营（由国有资产占控股或主导地位）等；内外贸、旅游、房地产及服务业（不允许外商独资经营）：商业零售、批发、物资供销等；金融及相关行业：银行、财务公司、信托投资公司、保险公司、证券公司等；其他行业：印刷业、出版发行业务（不允许外商独资经营）等
	禁止行业	电力工业及城市公用事业、邮政、电信业务的经营管理、空中交通管制、广播影视业、新闻业等
加入WTO承诺		承诺在近几年内对主要行业实行逐步开放，包括金融、农业、分销零售、轿车、电信、石化、铁路公路运输、建筑、旅游、影视报刊等行业
加入WTO五年过渡期结束	银行业	加入WTO两年后，获得许可的外资银行可以开办人民币业务；中国进一步开放银行业，但仍在股权、地域和业务范围上对外资银行进行限制。截至2006年5月底，已有71家外国银行在中国设立了197家营业性机构，并可在25个城市开办人民币业务

阶段	行业	开放的进程
加入 WTO 五年过渡期结束	非银行金融机构	截至 2006 年 6 月底，外资金融机构已在我国设立 7 家汽车金融公司，3 家企业集团财务公司，信托投资公司引入境外战略投资者的进程也在稳步前进
	证券业	截至 2006 年 6 月底，已设立合资证券基金管理公司 23 家，合资证券公司 7 家，上海、深圳从事 A 股交易的境外证券经营机构分别达到 39 家和 19 家，有 42 家境外机构获得合格境外机构投资者（QFII）资格
	保险业	截至 2005 年年底，在中国保险市场的 82 家保险公司中，外资保险公司已占半壁江山，达到 41 家，分支机构接近 400 家
	商业流通业	截至 2005 年年底，中国已累计批准设立外商投资商业企业 1 341 家，开设店铺 5 657 个；外资大型连锁超市在中国大型连锁超市市场的份额已超过 1/4
	电信业	获得批准的设立外资电信企业申请共有 8 份，其中有 4 家企业获得了电信业务经营许可证
	汽车业	分阶段取消汽车及关键零部件进口配额。汽车跨国公司大举进入。国产车价 5 年下降 34%
	其他	在华境外律师事务所代表机构已有 195 家；现有 7 家外资会计师事务所在华运营，其分所共有 18 家，其中 10 家是近 4 年批准的；获得许可的中外合资、合作医疗项目共 52 个；全国经批准的中外合作办学机构和项目共 851 个；共有 11 家中外合资旅行社和 7 家外资独资旅行社得到了经营许可
		在世贸组织分类的 160 多个服务贸易部门中，中国已经开放了 100 多个，占 62.5%，接近发达成员水平。

会计等服务领域，已经允许在一定条件下进行试点投资，过去限制投资的土地开发、房地产、信息咨询等第三产业已逐步放开和扩大外商投资。同年，正式提出了"以市场换技术"的战略，修改了《中外合资经营企业法》，放宽了对三资企业的股权、市场、技术等限制条件。1992 年 8 月，国务院首先启动了国内商业零售业引进外商投资的试点工作，确定北京、上海、天津等 6 个城市和 5 个经济特区各试办一到两家合作或合资零售商业企业。1994 年 5 月，民航总局、对外贸易经济合作部联合发出《关于外商投资民用航空业有关政策的通知》、1994 年 11 月国家工商行政管理局和对外经济贸易合作部联合发布《关于设立外商投资广告企业的若干规定》。1995 年以来中国开始运用产业政策的手段来实现对外资产业开放的调控和管理，1995 年 6 月公布了《指导外商投资方向暂行规定》和《外商投资产业指导目录》两份文件，明确了今后利用外资方面的产业政策。在《外商投资产业指导目录》中，把包括服务行业在内

的外商投资项目分为鼓励、允许、限制和禁止4类（其中允许类没列入目录中）。此后，为加快进入WTO进程、加入WTO、兑现加入WTO承诺，中国出台了一系列重大举措，行业开放的广度和深度进一步加强。

国内企业面对跨国公司竞争。中国市场的巨大潜力吸引了全球跨国公司大举进入，尤其是20世纪90年代中期以后，中国众多行业开始从卖方市场转变为买方市场，中国市场实际上已经成为国际市场，中国企业面临的市场竞争早已不仅仅是本土企业之间的竞争。跨国公司凭借雄厚的资本以及技术优势、品牌优势和规模优势，通过企业横向并购、品牌控制等方式迅速扩大规模和实力，在中国的竞争性市场取得领先市场优势。在"与狼共舞"的过程中，国内企业并没有销声匿迹，反而不断提高能力，在一些领域同样获得快速发展并形成国际竞争力，最终成为全球领先的企业。

2. 嵌入全球产业链，促进国内产业不断升级

吸收外资加速了我国高新技术产业的成长。外商投资企业已经成为我国技术引进和发展高新技术产业的主体，通过吸收外资，我国引进了一大批国外先进技术、设备和管理经验，填补了国内部分高新技术领域的空白，促进了国内的产业升级和结构调整。在全国高技术产业研发经费、新产品开发经费和产值中，外商投资企业所占比重分别从2002年的32.6%、33.1%和61.3%，提高到2006年的44.2%、45.4%和72.1%。目前，我国已设立各种形式的外商投资研发中心超过1 200家，研发的层次在由低向高快速提升，从事基础研发的研发中心越来越多。

进出口产品结构不断优化，不断促进国内产业转型升级。出口实现了从以轻纺等劳动密集型产品出口为主向以机电和高新技术产品等资本技术密集产品为主的转变。机电产品和高技术产品在我国出口贸易中的主导地位日益明显，带动国内产业发展和技术进步。在出口结构不断优化的同时，我国进口商品的结构也在悄然变化，机电产品和高新技术产品也逐渐成为我国进口的主要商品。2008年机电产品进口由1980年的56.5亿美元增加到5 387亿美元，占全国进口总额的比重由28.2%提高到47.5%；高新技术产品进口由1998年的292亿美元增加到3 419亿美元，占进口总额的比重由20.8%提高到30.2%。机电产品和高新技术产

品进口的快速增长，不仅弥补了国内经济建设资源和技术的不足，也为产业结构调整和升级创造了条件。

对外开放影响中国企业发展和管理演变的渠道

中国渐进式的对外开放对中国企业经营环境所带来的变化构成了中国式管理特质的情景基础，中国企业在与环境的互动中制定战略并形成一定的行为模式。对外开放对中国企业发展和管理演变的影响有以下几个方面。

1. 逐步开放有利于中国企业获得"相机性租金"、学习、积累和转轨

开放的逐步性体现在对外商投资的区域、产业、业务、股权、规模和数量、贸易项目/资本项目等方面渐进式有调控的开放。具体表现为：区域开放，由沿海开放扩展到沿边、沿线、沿江乃至广大内地；产业开放，由第一、第二产业到第三产业，制造业、一般服务业到对国民经济影响较大的金融业、零售业等服务业，对开放的产业亦根据情况有不同的限制，如汽车业要求外公司只能以占股50%方式投资，零售业开放只能逐个审批；业务开放，按照特定业务的重要程度和收益前景而规定外商目前可以做和不可以做的业务，可以做的业务则规定可以做到什么程度；股权开放，对于允许外资进入的行业，在外商拥有的股权数量上做出规定，如允许外商参股经营，采取中外合资的形式，或控股或独资经营，同时规定合资企业的董事长、总经理或某些职位的高级管理人必须由中方担任；数量和规模开放，在一定地域范围内，对允许外商进入的数量做出上限规定，对外商在资产总额、经营规模或雇员数量上做出下限规定。中国加入WTO时，放松了对外资的许多限制，如允许外资进行分销业务，而过去只允许自销或经过特别审批。

可以发现，与20世纪90年代末步伐相对较为快速的"国退民进"、"抓大放小"体制改革不同，对外开放更为稳健。逐步放开，一方面让部分外商能分享中国逐步开放政策带来的租金，更加积极地参与中国的发展；另一方面提供了足够的时间和机会让中国企业向外资/跨国公司的先进方面学习、吸收、消化和积累，实质上给中国企业带来了"相机性租金"（contingent rents）（青木昌彦，1998），即鼓励企业提高生产效率、经

营能力，凭借出色的经济绩效表现获取租金，在逐渐开放的行业和区域内提高本土企业的竞争能力。因此，渐进式的对外开放确保在开放的进程中中国企业能够抵御外来冲击并有足够的时间和资源形成竞争力。

2. 更近距离的国际水平的竞争，激励企业发展、改进管理

在"引进来"和"走出去"两个空间发展方向上的对外开放均为中国企业打开了认识世界的窗口，中国企业也开始面临多样化的国际竞争。在"引进来"的进程中，从简单的加工、装配和低水平生产制造层次向专业配套生产、国产化零部件本土供应、机电和高新技术产品加工、高端加工制造以及先进适用技术开发、高端设计、现代流通等拓展和发展的过程中，中国企业参与了国际产业链上供应市场的竞争；加入WTO后，跨国公司大举进入中国市场，中国企业直接面临着与跨国公司在终端消费市场的竞争，这种竞争更多体现在下游能力包括营销和服务能力的竞争上。在"走出去"进程中，中国企业大胆地进入成熟的发达国家市场，面对成熟的竞争对手以及成熟的消费市场展开国际竞争。在这两个空间发展方向的三个层面上，中国企业均随着改革开放的深入，更近距离地参与国际水平的竞争，在竞争与合作中，激励了中国企业的发展，中国企业亦在学习、模仿和创新中改进管理，培养了相当一批新一代适应国际竞争并富有中国特色的企业家和管理人才。

3. 中国企业发展出口、海外投资、海外上市直接影响企业的发展和管理水平

对外开放使中国企业更全面地跨越国界展开经营活动，包括发展出口、海外投资和海外上市活动，从事这些活动要求中国企业需要达到某种国际水平、符合某种国际标准（要求）或以国际/东道国的经营方式来从事活动。为了达到标准或适应当地法律和文化等环境的需要，中国企业往往需要在产品、技术、生产、内部管理等各方面提升或改善，直接影响了企业的发展和管理水平。例如，要打开出口市场，尤其是发达国家市场，中国产品往往需要获得各种认证，以取得海外经销商和消费者的信任，如海尔在20世纪90年代初刚进入欧洲市场时，就通过获得各国各种质量保证体系的国际认证、产品国际认证、检测水平认证以排除进入国外市场的障碍,保持产品与国际水平同步。不仅如此,海外经销商往往进入中国国内厂区实地考察,要求其在生产环境、生产流程、员工培训等方面都要达到标准,促使中国众多出口企业进行了 ISO 系列的认证以及环保的认证,改善和提高了生产和管理水平。

与改革开放早期中国企业的海外投资作为"联系点"并以独资形式为主的状况不同,随着更多生产型企业在海外投资建立合资企业,以及20世纪90年代末以来出现的海外上市,中国企业更是经历了一个复杂而系统地学习和改造,例如截至2005年年底,内地到香港以及其他境外证券交易所挂牌的公司有122家,累计筹资555.44亿美元(不包括红筹企业)。相关利益团体出现了更多海外要求和标准,对中国企业的发展和管理模式的直接影响不言而喻。

4. 中国企业引进技术和专家、建立合资企业、创造学习机会

尽管对外开放早期,中国利用外资最直接的目的是解决国内资金不足、外汇不足的问题,将外资作为弥补资金不足的重要来源,然而20世纪90年代以来,随着国内资金状况的好转以及国内储蓄能力的增强,引进技术、管理经验和高级人才成为利用外资的主要目的。例如2005年中国共签订技术引进合同9 902份,同比增长15.1%;合同总金额190.5亿美元,比2004年同期增长37.5%;其中技术费118.3亿美元,占合同总金额的62.1%。其中,外资企业引进技术82.7亿美元,同比增长23.6%,占全国技术引进总金额的43.4%。引进技术及技术专家主要体现在以下两个方面。

一是中国企业直接引进先进实用技术,填补产品技术空白,推动产品更新换代,改造技术设备,推动国内产业结构优化和升级。①引进生产线和机械设备,对机械、轻工、纺织、原材料、建筑业、建材等传统产业进行了改组改造,促进了这些行业的跨越式发展,为中国成为"世界工厂"发挥了重要作用。例如家电制造业的兴起主要由引进的生产线(彩电、冰箱、空调等)所带动,众多 OEM 产品[⊖]的生产线与设备也是

⊖ OEM 产品:俗称"代工"或"贴牌生产"。特点是技术在外,资本在外,市场在外,只有生产在内。

通过引进而发展起来的。②通过合资引进技术、进口成套设备、新添大批关键项目，为改造国内工业，特别是重化工业产业升级，产生了积极的作用，如大型钢铁联合企业、大型火电厂、通信设施等，为工业的快速发展奠定了坚实的基础。例如上海大众汽车公司和北京吉普车公司，在短短几年里，将中国轿车工业的技术水平从20世纪50年代带进80年代。通过与瑞士迅达、美国奥的斯、日本三菱世界三大电梯公司签订协议，创建了三个合资电梯厂，通过引进它们的技术，使中国电梯生产技术从20世纪五六十年代的水平，提高到80年代的水平。③外资对新兴产业的投资也直接为带来了技术和设备，推动了中国在这些新兴产业的技术进步和兴起，如在光纤通信设备、自动化仪器仪表、大规模集成电路、微型电机、通信、新型建材、药品等新兴产业，国内相关企业的技术水平从20世纪70年代水平直接进入90年代初水平，使中国在一定程度上缩短了与发达国家的技术差距。

二是跨国公司研发的技术溢出，促进了中国企业自主创新能力的增强。自20世纪90年代以来，外商直接投资开始呈现结构性的转变，从早期的劳动密集型的简单制造活动向资金技术密集型的制造活动升级；从单纯的制造活动向服务领域扩展；从制造业转移向研发机构和地区运营总部扩展。跨国公司开始将研发活动向中国转移，据商务部统计，2001年跨国公司在华设立研发机构124家，到2007年底增至1 160家，近年以每年约200个速度增长，目前世界500强中有400多家在华建立了研发机构，美、欧、日占绝大部分。这些跨国公司的研发活动技术溢出效应明显，通过技术交流、技术合作、研发机构人才的合理流动以及示范等方式，中国企业可以从外资公司的基础研究所开发的新产品、新工艺中得益，促进自主创新能力的建立。

5. 大量外资企业的示范、改进供应的效果

示范效应是对外开放对中国企业的重要影响之一，在与外资的横向/纵向、竞争/合作的联系中，外商投资企业在技术、管理以及经营理念等方面起到了良好的示范效应，推动了我国经济和企业的市场化和国际化进程，促进了电子信息、集成电路、轻工纺织、家用电器及普通机电产

品等一批初具国际竞争力产业的形成。

中国企业对外资企业生产和管理技术的认识、模仿、吸收和创新，会在不同起点、不同层面上对原有生产和产品结构实现改进，例如许多中国企业就是从分解外资企业的产品内部结构而实现自身的产品改造的。外商竞争技巧的示范作用和竞争的压力，也刺激和带动了中国企业改善经营现状、提高营销能力，从而提高了企业的竞争能力以及素质。因此，对外开放使中国企业无需走出国门，就能够在一定程度上认识和学习到世界先进的产品制造技术、管理技术，促进了中国企业在各个层面上与世界接轨，是中国企业融入世界的重要方式。

改进供应效应是中国配套体系和能力日益发展和成熟的标志之一，中国企业一方面可以以较低成本获得外资企业的技术标准、技术支持、培训或技术援助，或与外资企业共同开发，以保证供应的技术与产品水平达到配套要求，这对促进企业产品质量、生产工艺的改进和新产品开发具有积极作用；并且在改进供应过程中，外资往往还会对企业内部的生产流程、质量管理体系等企业运作管理方面提供一定的改进支持。另一方面，成为"世界工厂"成员的中国企业也因世界供应市场的竞争压力，促使中国供应商主动学习而提高效率。配套内涵与配套形式的变化都蕴含着供应效应的发挥及其对中国企业提高生产效率、改进供应质量、提高供应档次和水平的作用。

6. 外国咨询机构的作用

外资对中国企业管理以及管理理念的影响不仅体现在各种示范效应、人才流动所带来的影响，还表现在外国咨询机构对中国企业的直接注入。

自20世纪90年代初开始，随着国外管理咨询公司跟随跨国公司进入中国造成的示范影响，以及当时中国现代工商管理教育的兴起，越来越多的中国企业开始认识到发达国家企业管理经验与理念在现在市场竞争中的意义，日益感到提高自身管理水平的重要性和迫切性。因此以国有企业以及大型民营企业为主的中国企业开始与外国咨询机构展开合作，解决企业经营管理中的实际问题。加入世界贸易组织之后，进一步开放包括咨询业在内的服务业，允许外国公司通过特许经营形式进行有偿服务活动，更加速了外国咨询机构在多方面对中国企业管理的影响。

外国咨询机构与中国企业的合作主要在以下三个方面：信息咨询、管理咨询和战略咨询。①信息咨询合作主要从事市场信息调查、收集、整理和分析业务，为企业决策提供准确、完善的辅助信息，例如 AC 尼尔森市场研究公司 1992 年开始在中国主要从事零售、媒介以及相关的专项研究如顾客满意度调查等，使中国企业开始运用比较科学的方式采集市场信息进而进行产品决策、营销决策。②管理咨询主要按照企业管理的各个层面划分为专业业务领域，这些领域一般包括：投融资咨询、财务会计咨询、税收咨询、市场营销咨询、人力资源咨询、生产管理咨询、工程技术咨询、业务流程重组与管理信息化咨询等，例如国际著名的普华永道、毕马威、德勤、安永是中国上市公司审计业务的主要力量，2005 年 1 400 多家 A 股上市公司审计业务中，上述"四大"会计师事务所审计的资产超过 40%。这一方面对保证了上市公司的会计信息质量，为投资人等会计信息使用者提供真实可靠的会计信息，促进资本市场的健康发展起到了积极作用，另一方面也规范了上市公司内部管理，培养了大量的本土专业人才。另外，在业务流程再造（BPR）、企业资源计划（ERP）、业务重组等方面，中国企业也接受了众多外国咨询企业的咨询。③战略咨询主要是为企业提供战略设计、竞争策略、业务领域分析与规划设计等咨询，如麦肯锡、波士顿、罗兰·贝格等均在 20 世纪 90 年代进入中国，这些战略咨询因费用高昂，其成功与失败的案例都对中国企业带来了很大的冲击和影响。上汽集团、上广电、招商局、平安保险、天狮集团、均瑶集团、德隆集团等都花巨资请麦肯锡公司制定远景规划。

尽管外国咨询机构由于制度环境、文化背景理解不足，对中国改革开放、经济转型的认识不够，以致所提出的咨询改善方案本土化不足或可操作性差，但是外国咨询公司在上述三个层面所开展的业务确实将发达国家成熟市场的理论、技术与经验转移到中国企业，中国企业付出较高昂的代价认识和实践了这些理论、技术和经验。更为重要的是，在与外国咨询公司的合作中，中国企业培训了内部人员，产生知识转移之外的知识溢出，同时随着外国咨询公司本土化战略的实施，也培养了大量的本土专业人力资源，人才流动促进了这些知识的转移和溢出。

‖ 外资企业投资并购的影响 ‖

外资在华并购是个敏感的热门话题。20 世纪 90 年代中期在中国有不少争论，21 世纪特别是在 2005、2006 年前后，争论亦很多。本节介绍有关研究成果，从三方面讨论这个问题：外资并购后的微观绩效，外资在中国的产业地位，外资在华投资的安全影响评估。

中国的外资并购：初步的观察和经济评价

20 世纪 90 年代以来，中国的外资并购一直在发展。根据联合国贸易与发展会议（UNCTAD）的数据，外资在华并购金额由 1990 年的 0.08 亿美元上升到 2000 年的 22.5 亿美元，再到 2007 年的 155.4 亿美元。商务部数据则指出外资收购中国内资企业的数量 2004～2006 年上升，而后至 2008 年有所下降。根据 UNCTAD 数据，并购占外商对华投资比重已从 2000 年的 5.5% 上升到 2007 年的 20.8%，已达到发展中国家 2/3 的水平。按商务部对内资企业并购口径估计，比例仅有 3%～5%。

外资企业在华并购还有若干重要特点：并购领域日益加宽；并购交易对象同时包括国有和非国有企业，对非国有企业并购发展更快；存在收购股份、收购资产、合资形式收购或资产交易、持续交易、混合收购等多种方式；收购者初期产业投资者多，现在财务投资者地位日益重要。

评估外资在华并购的经济影响，要分企业和产业两个层面。一项对 63 个并购案例资料的整理和观察研究表明 [一]，并购结果可大致分为 5 种情况：①外方为财务投资者，并购以增资和收购相结合，中方优势并控制经营（如雨润、双汇及银行业）；②外方是产业投资者但中方强势并有优势，外方收购股份或增资后带来资金和技术（如上海阿尔卡特、日产东风）；③外方控制企业，并购后企业是外方全球或中国的生产基地

[一]　这是国务院发展研究中心企业研究所的一项研究。

（如南孚、诺基亚首信，许多化妆品企业），中方无产业发展目标，主要关注获得一定的财务回报用以解决存在的问题；④并购外方不愿或不能带来技术和投资（如赛格三星、柯达的若干收购、伊莱克斯收购中意）；⑤外方收购了中方最有价值的资产，并购后企业发展较好，但作为出售者的企业已失去最有价值的资产，与被收购企业及收购方均有摩擦和矛盾，本身的长远发展受损。

上述5种情况中，①②并购或资产重组贡献显著，但①是中方控制经营权和发展权，②是双方共同控制经营权和发展权；③仍有就业、创汇及解决企业实际问题的贡献，中方有财务收益；④的结果不够好，主要是外方没有新的投入和长远安排；⑤被收购企业有发展，中方仍然是行业内业者，需要发展，却失去了最有价值的资产，与被收购企业常有矛盾，对中方有一定挤出效应。对63个案例的观察表明，58个属前3种情况，是主流，合计比例为92.1%；③的情况占比57.1%，在物流、日化、饮料、零售、IT电子业，这类收购不少；④⑤的情况较少。多种结果，不同角度，评价不会完全一致。

从产业层面评价并购的经济影响存在困难，因为很难获得并购的系统数据。由于并购投资是外商投资的一种方式，故可从外资企业的影响和贡献入手进行评估。课题组根据自己的计算和综合国内学术界的看法，基本肯定外资企业在创汇、就业、产业发展方面的贡献；对本土企业技术溢出的贡献，垂直溢出大于水平溢出，外资和本土企业技术水平差距小的产业溢出效果大于差距大的产业；外资的市场垄断，总体上不存在，但如后所述在至多10%的某些高集中度的领域，一些外资企业处于寡头或准寡头地位。由于外资在华并购投资占全部投资的比重按不同口径计算只有5%～20%的份额，即使有并购的系统数据，估计亦较难改变基于全部外资企业数据所做的判断。

工业行业外资分布总体情况

按照我国相关法律规定，外资（含港澳台，下同）股份比重大于25%的属于外资和港澳台投资企业，但外资股份比重在25%～50%之间的企业中的国外资本并不一定具有对企业的控制力，因此本文主要根据外资控股企业（即外资股权大于等于50%的企业）来分析外资在工业企业的分布和产业安全状况。根据国有及规模以上非国有工业企业数据，我们有以下发现。

1. 外资控股企业占工业产值的1/4左右

从产值看，2007年，我国外资企业共实现销售产值11.6万亿元，占所有规模以上工业企业（计40.51万亿元）的30.2%。其中，外资、港澳台控股企业销售产值总计达9.4万亿元，占规模以上工业企业销售产值的23.2%。另一方面，国有及国有控股工业企业实现销售收入11.85万亿元，占规模以上工业企业的29.5%，其他企业共计销售产值的47.3%。如图4-1所示。

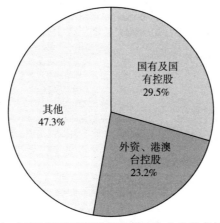

图4-1　2007年不同类型所有制工业企业的市场份额

2. 从39个工业大类看外资主要集中在少数几个行业

从工业大类看，外资在工业行业的分布较为广泛，39个工业大类均有外资企业存在。但外资在各行业的分布很不均衡，主要集中在少数几个行业。由图4-2可见"通信设备、计算机及其他电子设备制造业"的

共
生
共
长
：
中
国
环
境
演
变
对
企
业
管
理
的
影
响

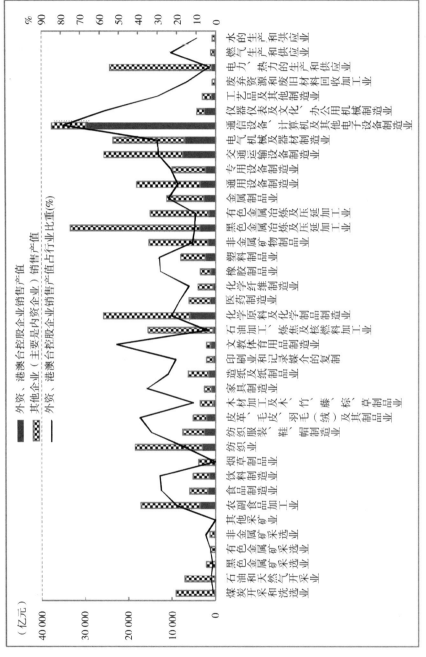

图4-2 外资控股企业在工业大类的销售产值分布情况（2007年）

外资控股企业产值最大，而且远远大于其他行业，达到 2.96 万亿元，外资产值介于 7 000 亿~8 000 亿元的有 2 个行业（交通设备制造、电气机械器材制造），介于 5 000 亿~6 000 亿元的有 1 个行业（化学原料及制品制造），介于 3 000 亿~4 000 亿元的有 4 个行业（食品制造、纺织业、黑色金属冶炼业和通用设备制造业），以上 8 个行业的外资控股企业产值共 6.35 万亿元，占所有外资企业产值的 67.6%。

从市场占有率看（见表 4-7），在 39 个工业大类中，有 1 个行业，即"通信设备、计算机及其他电子设备制造业"的外资市场占有率超过 70%，有 2 个行业的外资市场占有率在 50%～70% 之间（文教体育用品制造业，仪器仪表及文化、办公用机械制造业），有 4 个行业的外资市场占有率在 30%～50% 之间，其余 32 个行业的外资市场占有率低于 30%。

表 4-7　2007 年外资控股企业销售产值比重超过 30% 的行业

工业大类	行业销售产值（亿元）	本行业总产值占工业比重（%）	外资销售产值占行业比重（%）	外资控股企业产值占本行业比重（%）
纺织服装、鞋、帽制造业	7 400.3	1.9	41.5	33.0
皮革、毛皮、羽毛（绒）及其制品业	5 035.6	1.3	44.8	38.8
家具制造业	2 364.7	0.6	43.9	35.3
文教体育用品制造业	2 046.6	0.5	56.3	51.3
电气机械及器材制造业	23 391.9	5.9	35.5	30.2
通信设备、计算机及其他电子设备	37 622.0	9.7	82.5	78.7
仪器仪表及文化、办公用机械制造业	4 230.1	1.1	62.0	57.5

数据来源：国家统计局。由于不包括部分敏感行业的数据，本文的市场占有率与根据中国统计年鉴 2008 年计算结果略有差异。

3. 从 495 个 4 级分类（工业小类）行业看，约 1/3 行业的外资控股企业市场占有率较高

从行业数量看，大约 1/3 的行业外资市场占有率较高。2007 年外资控股企业市场占有率超过 50% 的共有 56 个行业，市场占有率超过 30% 的共有 166 个，占工业小类行业（495 个）总数的 33.5%。由图 4-3 可

见，总体而言，外资市场占有率超过 50% 的行业数量较少，但介于 30% ~ 50% 之间的行业数量较多，共有 110 个。

行业数（个）

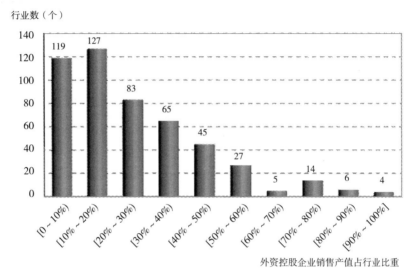

外资控股企业销售产值占行业比重

图 4-3 2007 年 4 级分类行业中外资控股企业不同市场份额的行业数量

从行业的规模分布看，几乎不同产值规模的行业都有外资控制力较强的行业。如图 4-4 所示，在不同规模的行业中，都有大约 1/3 左右的行业外资市场占有率超过 30%。这其中部分行业的外资市场占有率超过了 50%，例如在产值规模最小的前 50 个行业中，有 11 个行业的外资控股企业市场占有率超过 50%，而在行业产值 370 亿 ~ 905 亿元的 100 个行业中，共有 18 个行业的外资市场占有率超过 50%，在行业产值最大 95 个行业中，有 8 个行业的市场占有率超 50%。

外资并购安全影响及总体评估结论

外资并购的安全影响评价亦需要分类讨论。若安全仅指领土、政治、防务为主的传统安全，课题认为中国目前的外资并购尚未影响安全，因为至今我国对外资的管理，尤其是进入敏感行业的管理控制严格。对经济安全影响的评估也需分类，我国资源、能源、金融、粮食等方面不能说不存在安全问题，但问题基本上与并购无关。有争论的主要是制造业及一些重要的服务业。争论的焦点一是认为一些产业外资企业份额过大，达到安全警戒线；二是对外资并购国内行业领先企业的所谓"斩首"行动分歧较大。

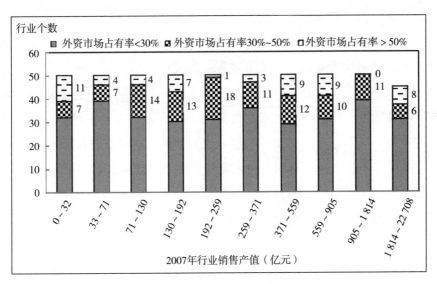

图 4-4　2007 年不同产值规模工业行业中外资控股企业的分布情况

注：工业小类共505个，其中有30个属于敏感性行业没有提供数据，这30个行业总产值约占整个工业行业的3.3%。

数据来源：国家统计局。

如前所述，国务院发展研究中心的一个课题组[⊖]曾分析了 495 个 4 级分类行业外资企业的情况。第一个发现是达到产业安全警戒线的行业数量比例由于标准不同而结论不同。国内文献往往将外资企业产值比例 30% 作为产业安全警戒线标准。但是中国的外资企业不一定由外资控股，对行业的影响更应看重行业领导企业情况，因此课题组用外资企业产值占 30% 以上、外资控股企业产值占 30% 以上、行业最大 5 家企业 3 家以上为外资控股企业 3 个标准作为警戒线标准，进行计算评价，发现按 3 个标准计算达到安全线的行业数 2007 年分别为 220、166、122 个，占行业数比例分别为 44.4%、24.4% 和 17.1%，这些行业的产值占全部行业产值的比例分别为 41.0%、34.5% 和 22.6%。第二个发现是占全国产值

<hr />

⊖　国务院发展研究中心企业研究所"外资在华并购安全问题研究"。课题负责人：陈小洪。

约 1/5 的领先企业多为外资控股企业的行业，主要是出口比重大的外向型行业（如通信、计算机）、重要器件（如集成电路、电子元器件）、日用消费品产业（碳酸饮料、化妆品、洗涤用品、食用植物油），其中近一半，约占全国总行业数 10% 的为集中度高的寡占型产业。第三个发现是在多数战略性产业，如矿业、能源、石化、钢铁、有色及多数装备产业，本土企业是行业领导产业。对服务业的观察表明，通信、金融、航空、运输物流、广电、零售等主要服务业，本土企业是主导产业。但在这些产业的国际业务（如国际快递物流）中外资企业有较大份额。

学术界讨论产业安全问题时重视外资企业份额标准有两个主要原因：一是市场和产业份额往往反映企业的实际竞争力，反映本土企业有无发展空间，符合产业安全的"产业发展前景及所受影响、限制"的定义；二是指标较易获得。

课题组认可该指标的意义，并认为还要结合产业和外资企业特点，才能判断外资是否控制了该产业。外资企业份额高可能因为该产业国际化程度高，甚至产业是以出口作为重要动因才得以成长。但如果这类产业技术进步快、成长空间大、本土企业机制好、创新能力强、有恰当政策支持，即使外资企业比重大，仍有高速成长机会，如通信设备产业，华为、中兴通讯就冲破外资企业阻力成功发展。在市场控制力主要源于寡占型品牌的消费品产业，如洗涤、化妆品、碳酸饮料产业，外资企业居龙头地位后，本土企业亦有所发展，但要翻盘成为行业领先企业似乎较为困难。居行业领先地位的外资企业形态也对中外的实际控制力有重要影响。汽车行业中外股份各 50% 的合资企业多居行业领先地位，但由于中方有优势，不能认为这些行业已被外方控制。主要引进外国资金，法律形式为"外资"，但由中方负责经营的许多优秀企业，亦不能认为已被外资控制。

关于外资企业收购行业领先企业的"斩首"行为，课题组的基本看法是：确实存在；这是跨国公司全球化发展的战略安排，是正常的"商家行为"，亦与一些地方过度看重"招商政绩"、急于解决企业困难、缺少政治和商业经验有关；在中国，特别是在有战略意义的行业，外资企业"斩首"成功有限，因为中国主要的基础和战略行业、领先企业还是以本土企业为主，外资（特别是财务投资者）亦在根据中国的情况调整策略，如从过去的"必须控股"变为"相对控股"或相机决策。

对外资在华并购的现状及前景，课题组有三个基本估计。

（1）外资在华并购，总体来看是稳步发展，有利于中国经济发展，没有带来经济和产业安全问题。这是因为尽管外资希望在中国并购发展、许多地方为引进外资有盲目性、中国外资并购管理政策亦未必完善，但中国政府对外资并购的管理没有失控。

（2）外资在华并购会继续发展。这是因为我国将继续对外开放，外商绿地投资机会可能会相对减少，中国企业"走出去"并购必然要允许他国企业"走进来"并购，地方仍有招商发展的动机。

（3）外资在华并购会按"双赢"原则更对中方有利。这是因为中国本土企业迫于"解困"急求外资的情况会减少，同时已积累的经验能更好地利用外资及其并购（或资产重组）带来的机会；中国政府（含地方）将有更多的商业和政治经验，有更健全的有利于"双赢"的制度安排和管理；此外，外资也会调整策略，财务投资者主要关心收益而不一定要求控股，产业投资者将更看重收购的战略联盟利益，尽管还会重视全面收购。

开放对中国企业发展的影响：联想和"走出去"的例子

本节用案例具体说明开放对中国企业发展和管理的影响。本节讨论两个案例，一是联想开放发展的路程，二是中国企业"走出去"投资的情况。

开放发展的联想集团[⊖]

联想是以联想控股公司为母公司的大型企业集团。集团的前身是中科院计算所 1984 年 11 月投资 20 万元成立的只有 11 人的技术公司。经

⊖ 本节关于 1997 年以前的联想集团参考了陈小洪、李兆熙、金占明、丁宁宁（2000 年）。

过 25 年的发展，到 2008 年，根据中国企业 500 强的数据，联想控股集团已成为收入达 1 152 亿元、资产 644 亿元的大型跨国经营的企业集团。联想控股集团控股（含相对控股）的公司有著名的联想集团有限公司（PC 机业全球第四）、神州数码、弘毅投资等公司。

联想的发展是渐进创新的过程，亦与中国持续发展、改革不断深入、开放日益深化有密切关系。就开放发展而言，联想的相应进程可以大致分为三个阶段。

1985～1996 年是联想从创业到完成初步积累，开始开放发展的阶段。联想的开放发展主要表现在四个方面：一是凭借为外国品牌的 PC 机、小型有关设备的代理销售及有关服务创业起家。从事这类业务使主要由知识分子组成的联想懂得了何为经商、服务，建立了相应的商业网络，完成了初步的积累。二是到香港投资及香港公司上市，1988 年联想成立了联想占 1/3 股份的香港联想，对方是联想的长期合作伙伴，香港联想在境外与境内的联想配合进行有关贸易，制造 PC 机及其主板，帮助联想积累了制造经验，并且帮助联想 1994 年在香港上市，使联想了解了国际资本市场的情况。联想自有品牌的 PC 机事业采取与外国 PC 机公司竞争、与英特尔合作的策略，制造、服务及相应赢利能力迅速上升。境内的北京联想收入和净利润 1990 年分别为 2 亿元和 889 万元，1996 年上升到 25 亿元和 3 476 万元，PC 机产量超过 21 万台。

1997～2004 年是联想继续开放发展，初步能在中国市场与业内国际一流公司进行竞争的阶段。联想这个阶段的开放发展主要表现在两个方面：一是将北京联想注入香港联想，使香港联想成为联想境外发展的重要基地和集团的资本市场平台。这次注入及整合的时间是 1997～1998 年年底，由此联想成为真正一体化的整体。二是进一步理顺与国外公司的关系，为联想的全面发展创造有利条件。联想在 1997 年将自有品牌和代理品牌分开，明确由杨元庆负责的联想科技（现改为联想集团）以 PC 机为中心负责自有品牌业务，郭为负责的神州数码则主要负责代理及有关的分销服务工作。中国加入 WTO 后，联想又开始发展投资业务，重要的合作伙伴往往是境外的财务投资者。

2005 年联想有限公司收购 IBM 的 PC 机部门，标志着联想开始进入开放发展的第三个阶段，即向全球化公司迈进的阶段。联想收购 IBM 的 PC 机，是典型的"小吃大"，当时在中国乃至全球都引起一定的轰动。收购后引起了起起伏伏及人事变动，收购利弊至今还不能做最终定论，但有几点是可以肯定的：联想有限公司已搭建起全球化公司的基本架构，因为其一半以上营收在境外，已形成全球合理布局的运营、制造、研发网络；财务最困难的时期已经过去，开始赢利；能够发挥联想已有优势的商业模式，已在具有全球化架构的联想开始实施；联想来自内地的干部及骨干的国际经营及管理能力显著上升，这是联想跨国并购最宝贵的、最大收获。

具体的数据说明了联想发展的历程，如表 4-8 所示。

表 4-8　联想的若干数据

年份	1985	1990	1994	1996	1998	2004	2006	2008	2009
联想控股收入（亿元）	0.18	4.9	47.6	77.4	176	419	1 389	1 152	1 063
联想集团收入						232 亿港元	1 036 亿港元	163.5 亿美元	149 亿美元
PC 机销量万台		0.2	3.5	21.3	78.6	1 373	1 660	2 300	2 690

说明：联想控股是中科院相对控股的控股公司；联想集团是香港上市，联想控股相对控股的公司。

资料来源：收入数据，1998 年以前为笔者调查，见陈小洪、李兆熙等（2000 年）；2004 ~2009 年数据，联想控股根据中国企业 500 强数据，联想集团数根据公司年报；PC 机销量，1998 年以前为笔者调查，见陈小洪、李兆熙等（2000 年），以后数根据年报公布的市场份额估算。

考察联想开放发展的历程，可有以下判断。

第一，中国的开放政策支持了联想的发展，但这种影响是与中国的发展（如信息化）、改革政策一起，共同产生影响的。

第二，联想使用了各种开放发展的方式：进口代理、技术合作、海外上市、海外收购等。

第三，中国逐步开放的政策有利于中国企业的商业经验、资金实力的积累。20 世纪 80 年代外资不能在中国做批发零售业务，有利于联想通过分销代理较快发展；1992 年以后中国加大开放力度，但外资企业仍只能自销本企业产品。而联想既能自销又能代销，这有利于本土的联想在近距离竞争的压力下仍有较有利的支撑空间。这就是中国企业成长过程中逐步开放的"绩效租金"效应。

从"引进"到海外投资

很多中国企业都和联想一样，早期的国际合作以"引进"为主，通过技术引进、分销代理等方式获得国外的资源，进入国外的市场。如通信设备业的华为、中兴等公司，早期都是做低档通信设备的销售和服务代理的，以后升级为向国外买技术和重要器件而研发产品国内销售，再后来开始向海外出口，向海外投资和并购。宝钢则是另一类型，在 20 世纪 70 年代末开始从海外引进技术和管理，以后产品开始出口，逐步到海外投资，目前企业综合实力和技术实力已居全球前列，进口的矿石 1/4～1/3 以上来自海外投资的权益矿。一项对 16 家企业"走出去"的调查反映了一些有关情况 [一]。

调查的 16 家企业，数量最多的是消费电子通信及 IT 企业，其次是机械装备类企业，最后是基础产业企业，包括石油、钢铁、农业类企业。根据表 4-9 及笔者调研，这些企业的跨国经营有以下特点。

第一，中国企业对外投资并购有一定的发展。表 4-9 的企业都在以各种方式进行国际化经营。一项研究曾列出中国企业的国际化经营有出口、技术引进、海外投资、海外并购等 14 种方式，表中 8 家的信息表明这些企业至少有 6 种以上的国际化经营行为。许多企业开始向国际化经营主要是为了获取海外资源（包括技术引进、海外融资）；其次是出口。在海外投资，第一步建立销售公司，第二步是建立工厂等，如华为、中兴、TCL、新希望集团、潍柴都是从出口发展到投资。还有少数企业通过收购兼并及合资发展较快，如中石油、联想等，较快获取海外经营较大步伐的进展。

[一] 这是国务院发展研究中心的一项研究成果，见陈小洪、王继承（2010 年）。

第二，中国企业国际化经营还处于发展水平较低的阶段。国际化经营理论主要根据海外经营规模占营业额比重（海外经营重要性）、海外资源分布和利用水平，及企业经营制度和文化理念三类指标描述企业经营国际化水平。海外经营规模如企业国际经营规模，能达到全部营业额30%以上通常国际化程度较高。从表4-9可以看出，若依据海外经营比重指标，可以认为中国企业国际化程度还处于较初级阶段。

表4-9　部分公司海外收入结构和海外网点

行业	公司	营收		海外网点			海外投资	
		总额（亿元）	海外比例（%）	研发	生产	销售服务	开始时间	有无并购
计算机	联想	149.0（亿美元）	57	3个基地几十网点	6	11	20世纪90年代初	有
消费电子	TCL	442.9（267.4）a	37.4（大于60）b	10多个	近20个		20世纪90年代初	有
消费电器	海信	134.1（121.7）a	18.3	7家海外公司，主要从事生产研发			20世纪90年代中期	有
	海尔*		20左右	18	30	62个经销商	20世纪90年代中期	有
显示器件	京方东	1 000					2002年	有
通信	中兴	442.9	60.5	13		120个网点	20世纪90年代中期	有
	华为		大于60	7	6		20世纪90年代中期	有
	三一	137.4	25.2	4	4	115个网点	20世纪90年代末	有
机械装备	振华	274.4	72				20世纪90年代中期	有
	北机床*						2004年	有
	上电印包*			1	1	多网点	21世纪	有
汽车部件和动力	万向		25%		19个网点	50个网点	20世纪90年代初	有
	潍柴	331.3	7.9	2	5	36个网点	20世纪以后	有
基础产业	中石油	10 192.8	22.4（权益20以上）d		10多国	40个以上	20世纪90年代初	有
	宝钢	2003.3	12.3（权益20以上）d		3	8家公司，32个网点	21世纪	有

（续）

行业	公司	营收		海外网点			海外投资	
		总额（亿元）	海外比例（%）	研发	生产	销售服务	开始时间	有无并购
农业	新希宝*		5		8	11	2000年前后	无

说明：（ ）a 为 TV 者以 TV 为主的产品，（ ）b 为 TV 的海外收入比重，（ ）d 为重大投资，一般在千万亿元以上，或相对规模较大。

资料来源：*号公司及联想、中石油、宝钢海外网络部分数据来自 2007～2009 年期间对企业的调查，其余公司据 2008 年度年报，TCL 为 2009 年年报。

第三，部分国际化程度高的产业里中国企业跨国经营水平相对较高。表 4-9 表明在产业国际化程度较高的 IT、电子产业，及结构技术重要中国竞争力较强的机械装备产业，一些中国企业跨国经营的比重较高。但这些企业目前只是跨国经营比重较高，国际资源利用水平和全球化制度、文化观念水平尚待提高。

第四，跨国并购和合资是中国企业重要的海外投资方式。2009 年中国企业海外投资已有 50% 以上的投资用于并购，而外商在华投资仅 20% 的资金用于并购，并且多为外资企业间的并购。表 4-9 指出 90% 以上的企业在海外投资都有并购行为，其中一半进行了投资额比较大的并购。

中国企业海外投资有多种方式。绿地投资最普遍，并购投资日益重要，资源项目合资是基本方式。投资方式选择，初步看来与投资目的有关，获取市场、战略资源（技术、品牌等）、自然资源是中国企业的主要目的，在产业成熟的国家，并购是直接投资的重要方式；与东道国的法律有关，特别是自然资源项目，东道国往往要求合资；与中国企业竞争优势有关，通信设备企业投资较多、大型并购少，这可能与企业在投资目标国家的优势显著有关。

第五，并购整合需要时间，需要成本，亦是在"干中学"的过程。观察表明并购整合成功，需要战略合理、方案全面实在、持续"干中学"、"学中干"，有好的企业机制和企业家就有控制权。

专栏：TCL 通过跨国并购发展

2004 年年底，中国最大的电视厂商 TCL 先后并购了法国汤姆逊的电视和阿尔卡特的手机。但 TCL 没能如愿在 2 年内扭亏为盈，以致许多人认为 TCL 必死无疑。

TCL 的问题主要是：电视业迅速发生平板化的结构变化，TCL 优势下降；实力不足，并购整合所需财力过大；缺乏经验、人才，咨询公司疏漏看不出来。

2009 财年 TCL 获得约几亿元利润，2009 年与三星合作的中国技术含量最高的液晶电视模组生产线诞生，投资 50% 的 8 代液晶生产线即将动工。

TCL 似乎终于开始走出困境。原因是：①TCL 是混合所有制企业，决策较有效；②出售电器、PC 等资产融资十几亿元解决财务问题；③有中国最大、世界第三的电视机产量（海内外合计），三星等企业愿与其合作；④不同业务以不同模式发展，如手机用贴牌方式为国际电信大公司供货，已位居中国行业前列；⑤强化管理；⑥企业家的努力。

资料来源：陈小洪等课题组成员的企业调查，2010 年 3 月。

中国企业的海外投资存在不少争论。一种看法是，中国企业缺乏"走出去"投资并购的基本条件。但全面地看，对案例企业的调研反映出中国企业仍有一定竞争力，有条件走出去投资：

（1）中国企业在中低端产品的开发和制造上有优势，在部分知识员工成本重要的技术进步快产业亦有优势；

（2）中国企业在中国市场有优势，在发展中国家和发达国家中低端市场有优势；

（3）企业的优势是研发、设计、制造、采购、销售、服务的全价值链的综合优势，跨国收购为中国企业利用其他国家的优势、弥补价值链短板形成新的优势提供了条件；

（4）中国缺乏许多资源，如许多矿物资源必须进口，进口者往往是中国能源、基础材料业的大企业，这些企业有稳定的国内市场优势，有一定的国际市场优势，有较强的综合实力，运作得好，能形成综合性的投资并购能力。

在这种背景下，中国企业至少有三种基本模式（见表4-10），它们使中国企业进行跨国投资乃至并购，能有一定的条件乃至优势。这三种基本模式不能反映中国企业海外投资方式的全部情况，但三种模式及其组合变形有一定的代表性。

模式一：依托相对技术优势模式。这种模式还可以分为两种类型。类型一，技术相对稳定产业的中国企业已有基本优势，至少在中低端产品领域，PC机、消费电子、部分机电产品属于这种类型。类型二，技术变化快但中国企业已掌握基本技术，有一定国际竞争力的产业，如通信装备产业。这类企业海外投资发展比较快，中国企业已有技术、成本及管理优势，通过投资和技术能向海外市场扩张。实行这种模式的基本条件是在目标市场要有一定的技术优势。相对于类型二，类型一要求企业的财力更强，因为企业技术优势相对较弱。

模式二：依托中国市场优势价值链整合模式。中国企业凭借在规模大成长快的中国市场的市场优势，收购更高技术水平的外国公司，通过价值链整合和技术的消化吸收提升中国企业的技术优势。这类企业也可分为两类。一类整合外国企业资源优势后首先在中国国内发展，以整合和在国内市场形成竞争力，为整合后一段时期的战略重点。另一类进行并购整合后不久，就可以开始向海外扩张。与模式一相比，这类企业必须技术消化能力强，能控制国内市场，有较强的财力。

模式三：依托大企业模式或垂直一体化模式。需要进口资源的中国基础产业的大公司，可以投资或收购国外资源企业或项目，用部分垂直一体化满足自己的供应需求。这种模式的成功关键在于企业有稳定的国内市场，企业有较强的财力。

表4-10　中国企业海外投资的商业模式

模式		代表企业和案例
依托相对技术优势模式	类型一（技术比较稳定）	联想收购 IBM 的 PC； 海尔在北卡的投资和在意大利的收购； TCL 收购汤姆逊 TV 和阿尔卡特手机； 新希望在亚洲的投资
	类型二（技术较快进步）	华为和中兴的通信设备和手机的海外投资； 三一重工的海外投资和合资

模式		代表企业和案例
依托中国市场优势整合模式价值链	类型三（面向国内）	京东方收购现代电子液晶； 北京机床收购德国科堡
	类型四（较快开始面向国际）	上海电气收购日本秋山和美国高斯印刷； 山东床上用品企业收购日本三越供应公司
依托大企业模式或垂直一体化模式		宝钢在海外矿山的投资和收购； 中石油在海外的投资和收购

第 5 章

中国环境对中国企业
发展和管理的影响

本章专门讨论中国企业的环境对中国企业发展和管理的影响，及企业环境与企业发展、管理的互动关系。

本章第一节主要讨论中国大企业发展的情况及其发展与环境的关系。第二节主要根据"企业管理创新成果"等企业案例资料，用文献法讨论中国企业管理焦点的演变及其与环境的关系。

▌ 中国大企业的发展、结构及环境的影响 ▌

中国经济的持续较快发展必然催生一批大企业。2010 年《福布斯》杂志公布的世界 500 强中，中国内地企业已有 42 家入围，内地规模最大的企业中国石化，已位居第 7 名。但在 2005 年，中国仅 18 家企业入围。

中国也有 500 强企业的研究。其中主要的，第一个是 1988 年开始的中国企业评价协会和《管理世界》杂志社会同国家有关部门进行的工业 500 强研究。这是中国最早的国内大企业的系统研究，但于 1994 年停止。第二个是中国企业联合会等 2002 年开始的中国企业 500 强研究，这一研究持续至今，目前影响较大。第三个是中国企业评价协会、国务院发展研究中心企业研究所组织编写的 1998～2009 年中国大企业集团年度发展报告，数据由国家统计局企业调查总队提供。三个研究的数据口径不一，很难完全对接，但认真梳理仍然能观察到中国大企业发展的基本轨迹。

中国及工业企业500强的三项研究

根据中国企业评价协会1988～1994年发布的按销售额排序的中国500家最大工业企业数据来看：1988～1994年，中国工业大企业的规模不断增长，500家企业的销售总额从1988年的2 925亿元增加到1994年的12 986亿元，企业平均规模从5.85亿元上升到26亿元，增长4.44倍；规模结构大型化，1992年销售额百亿元以上的7家，50亿元以上的19家，10亿元以上的167家，其余分布在5亿～3.6亿元之间，而1994年百亿元以上的22家，50亿元以上的53家，10亿元以上的343家，其余分布于10亿～6.9亿元之间；国有工业大企业是500强的主体，集中在电力、石油开采与加工、冶金、交通运输设备、化工、电子和大型成套设备制造等行业。该研究中的前50强名单见附表5-1。

根据中国企业联合会、中国企业家协会公布的2002～2009年中国企业500强的数据（见表5-1），可以看到，中国大企业的规模持续增长。500家企业平均营业收入规模2002年度平均为112亿元，2009年度上升到520亿元；资产平均规模同期平均从521亿元上升到近1 900亿元；2002年最大的企业是国家电力公司，营业收入4 004亿元，2009年是中国石化，营业收入是12 279亿元；500强的入围门槛上升到105亿元，首次突破百亿元大关。500强企业在国民经济中发挥的作用越加巨大，其收入占中国GDP比重高达83%，纳税总额为1.9万亿元，占全国纳税总额的35.2%；新增就业128万人，人均营业收入为98.2万元。

根据中国企业评价协会《中国大企业集团年度发展报告》，1998年、2002年、2008年500强销售收入分别为58.6亿元、161亿元和429.6亿元，10年时间，平均规模上升约7.3倍；总资产平均规模分别为109亿元、622亿元和622.2亿元，10年内上升6倍。中国企业500强的平均规模2002年仅相当于美国企业500强的1/10，2009年已经超过了1/3。在2010年世界500强中，中国内地入围企业达到了42家。

共生共长：中国环境演变对企业管理的影响

表 5-1　中国企业 500 强数据

中国 500 强	合计收入（亿元）				合计收入占 GDP 比重（%）				收入平均规模（亿元）				总资产平均规模（亿元）			
	1998 年	2002 年	2008 年	2009 年	1998 年	2002 年	2008 年	2009 年	1998 年	2002 年	2008 年	2009 年	1998 年	2002 年	2008 年	2009 年
中国企业 500 强		61 055	218 566	260 300		64	82	83		122	437	520		521	1 193	1 496
中国企业大集团 500 强	29 300	80 633	214 800		43	84	81		59	161	429		109	223	622	622
美国 500 强（亿美元）	55 296	74 203	106 015	106 882	67	74	75	75	110	148	212	215	258	382	597	569
美、中 500 强之比	15.6	10.1	3.4	2.9	1.6	1.2	0.9	1.8	15.6	10.0	3.4	2.9	19.6	6.1	3.6	2.6

数据来源：《中国企业 500 强》数据由中国企业联合会发布；《中国大企业集团年度报告》1998 年以后数据由中国企业评价协会、国务院发展研究中心企业研究所发布，国家统计局企业调查总队提供数据。

表 5-2 为经过处理的工业前 100 强的数据，可以看出 1988～2008 年，中国工业 100 强的平均规模、占工业总产值比重的长期趋势是上升的，但与美、日、欧国家相比，比值仍然偏低（见表 5-3）。

表 5-2　中国工业 100 强数据

年　　份	1988	1994	1998	2004	2008
合计收入（亿元）	1 062	4 438	9 020	32 500	56 417.6
合计收入占工业总产值比重（%）	9.3	11.2	13.2	16.1	13.9
平均规模（亿元）	10.6	44.4	90.2	325.0	564.2

资料来源：工业 100 强数据为公布的 500 强数据中前 100 强的数据。1988～1994 年见《管理世界》，1998 年数据来自《2000 中国工业发展报告》，2004 年和 2008 年来自《中国大型工业企业年鉴》。

表 5-3　工矿业（制造业）一般集中度

数据 ＼ 国家和地区	美国	日本	西德	英国	韩国	欧洲共同体
时间	1977	1979	1973	1977	1981	1986
指标	35.0	26.6	45.0	41.0	46.2	29.5

资料来源：陈小洪等计算整理，见陈小洪、仝月婷等（1991 年）。

1998 年以来大企业的结构变化

为了使时间跨度尽可能较长且分析数据口径基本一致，我们选择了由中国企业评价协会、国务院发展研究中心企业研究所等组织编写的历年《中国大企业集团年度发展报告》中的大企业集团数据，对中国大企业的结构进行了更全面的分析，并讨论了中国经济发展、体制改革对中国大企业发展的影响。该数据由国家统计局企业调查总队提供，覆盖 1998～2008 年。

1. 行业分布的变化（见表 5-4）

1998 年和 2008 年，从前 500 家企业集团在三次产业的分布来看，第二产业仍占有绝对的主导地位。从静态的角度来看，前 500 家企业集团中以第二产业占据绝对地位，其营业收入中第二产业所占比重远远高于全国 GDP 中第二产业所占比重，而第三产业所占比重则较低，表明了我国仍然处于工业化主导时期，大型企业集团仍然是我国工业化的主导力量。而从动态的角度来看，第三产业主要指标所占比重呈现上升趋势，如前500家企业集团中，第三产业在营业收入中所占比重从1998年的17.96%，提高到2008年的25.41%，增加了7.45个百分点。其中，大型企业集团在第三产业的扩张中起着越来越重要的作用。但是三次产业大企业的比重仍显著小于国民经济中三次产业的比重（2009年GDP和就业中三次产业的比重分别为40.1%和33.2%）。

表5-4 1998年和2008年中国前500家企业集团三次产业结构比重变化

年份	产业	单位数（%）	总资产（%）	营业收入（%）	股东权益（%）	从业人员（%）	利税总额（%）
1998	第一产业	1.6	2.72	2.66	1.75	11.26	−0.24
	第二产业	72.8	81.17	79.38	83.81	79.29	92.42
	第三产业	25.6	16.11	17.96	14.44	9.45	7.82
2008	第一产业	0.4	0.19	0.34	0.14	3.68	0.15
	第二产业	74.8	61.76	74.25	69.62	72.59	77.89
	第三产业	24.8	38.05	25.41	30.24	23.73	21.97

资料来源：根据国家统计局企业调查总队提供的数据计算，参见中国企业评价协会、国务院发展研究中心企业研究所等组织编写的历年《中国大企业集团年度发展报告》。

总体看来，中国大企业多元化程度较高。对中国企业500强前50名企业的经营或业务范围分析，可以认为中国企业多元化程度较高。制造业27家大企业基本上都是多元化的，但是以上下游（如石油、煤炭）或技术、市场（如兵器、家电、IT）相关多元化为主，有房地产投资的很多。服务业，如建筑、工程、金融等大企业亦不少存在多元化的业务，但也以相关多元化业务为多。

2. 所有制构成

国有企业各项经济指标仍占主导地位。2008年包括国有企业和国有独资企业在内的国有经济仍占据集团前500强的主导地位，但比重有所下降（见表5-5）。国有企业和国有独资企业在进入前500强的企业中占55.46%，年末资产总计占82.93%，营业收入占76.38%，出口额为62.66%，从业人员总数达到75.86%。其中，国有独资公司进入前500

家企业集团的单位数最多，占前 500 家企业的 37.2%，其他依次为：其他有限责任公司（29.4%），国有企业（18.2%），股份有限公司（9.4%），其他合计（5.8%）。而 1998 年国有企业和国有独资公司在进入前 500 家企业集团的企业个数占 68.6%，年末资产总计国有和国有独资企业占 84.29%，所有前 500 家企业中仍然是国有独资企业的单位数最多，共 184 家，占总数的 36.8%，其他依次为国有企业（159 家），其他有限责任公司（78 家），股份有限公司（49 家）和其他（30 家）（见表 5-6）。

表 5-5　1998 年不同注册类型企业占前 500 家企业集团比重

类别	单位个数（%）	资产总计（%）	营业收入（%）	出口额（%）	从业人员（%）
国有企业	31.8	53.17	52.92	40.38	54.53
国有独资企业	36.8	31.12	26.91	37.42	32.74
其他有限责任公司	15.6	8.99	10.41	11.92	7.31
股份有限公司	9.8	3.38	4.62	5.84	2.89
其他	6.0	3.34	5.16	4.45	2.52

资料来源：根据国家统计局企业调查总队提供的数据计算，参见中国企业评价协会、国务院发展研究中心企业研究所等组织编写的历年《中国大企业集团年度发展报告》。

表 5-6　2008 年不同注册类型企业占前 500 家企业集团比重

类别	单位个数（%）	资产总计（%）	营业收入（%）	出口额（%）	从业人员（%）
国有企业	18.2	55.25	48.87	24.38	46.83
国有独资企业	37.2	27.68	27.51	38.28	29.03
其他有限责任公司	29.4	9.94	15.30	26.06	16.82
股份有限公司	9.4	5.83	5.57	7.24	5.35
中外合资企业	1.4	0.48	1.02	1.49	0.75
港、澳、台、合资企业	1	0.16	0.38	0.33	0.33
其他	3.4	0.66	1.35	2.22	0.89

资料来源：根据国家统计局企业调查总队提供的数据计算，参见中国企业评价协会、国务院发展研究中心企业研究所等组织编写的历年《中国大企业集团年度发展报告》。

3. 企业规模和效益

总体来看，企业500强的整体和平均规模不断扩大（见表5-7）。1998年，中国企业500强的营业收入为2.93万亿元，2008年则达到21.48万亿元，增长7倍多；资产总额从1998年的5.45万亿元，扩大到2008年的31.11万亿元，增长5.7倍；人均营业收入，由1998年的18.68万元提高到2008年的102.24万元，增长5.5倍。最大企业的总资产由1998年的4 275.5亿元，猛增到2008年的10 448.8亿元；营业收入由1998年的2 818.5亿元，提高到2008年的14 624.4亿元；从业人数则由1998年的119.2万人，减少到2008年的69.97万人。

我国前500家企业之间的规模差距不断变化，从最大企业与最小企业总资产和营业收入的比值看，1998年为307.6倍和247.2倍，2000年为913.0倍和219.3倍，2005年为156.08倍和170.43倍，2008年为368.94倍和181.06倍。总体来看，收入差距有缩小趋势，资产差距变化较大。

表5-7　前500家企业中最大和最小企业指标对比

	资产总计			营业收入		
	最大企业（亿元）	最小企业（亿元）	最大/最小（倍数）	最大企业（亿元）	最小企业（亿元）	最大/最小（倍数）
1998	4 275.50	13.90	307.6	2 818.5	11.4	247.2
2000	12 407.16	13.59	913.0	3 728.6	17	219.3
2005	7 298.53	46.76	156.1	8 572.02	50.30	170.43
2008	10 448.49	28.32	368.9	14 624.39	80.77	181.06

资料来源：根据国家统计局企业调查总队提供的数据计算，参见中国企业评价协会、国务院发展研究中心企业研究所等组织编写的历年《中国大企业集团年度发展报告》。

与1998年相比，2008年进入前500家企业集团赢利能力大幅提高。全要素生产率上升5.23个百分点，总资产产出率上升15.15个百分点，人均产出上升了5.4倍，单位产出利税率上升1.2个百分点，人均利税上升6.19倍。同时，研发费用比重也有所上升（见表5-8）。

表 5-8　前 500 家企业经济效益与效率变化

年份	全要素产出率（%）	总资产产出率（%）	人均产出（万元/人）	股东权益利润率（%）	单位产出利税率（%）	人均利税（万元/人）	出口率（%）	研发费用比重（%）
1998	3.17	53.89	18.86	4.04	8.97	1.68	6.92	0.57
2000	3.72	52.19	26.56	6.89	11.31	3	7.88	0.92
2002	4.49	56.35	35.76	7.59	11.46	4.1	7.42	1.05
2004	6.31	67.84	58.76	12.26	11.90	6.99	7.09	0.79
2005	6.85	69.72	67.36	13.02	11.93	8.04	6.59	0.78
2008	8.40	69.04	102.24	10.20	10.17	10.40	5.67	0.99

资料来源：根据国家统计局企业调查总队提供的数据计算，参见中国企业评价协会、国务院发展研究中心企业研究所等组织编写的历年《中国大企业集团年度发展报告》。

观察：环境对大企业发展的影响

前面描述了中国大企业的发展及结构的一些基本特征：中国大企业在工业、国民经济中已有一定的地位和影响力，中国大企业的实力日益上升；中国大企业主要集中在第二产业，第三产业大企业发展很快，收入、利润、就业比重都上升很快，但所占比例显著低于国民经济中的三次产业的比重；中国第二产业大企业中，综合产业、能源、汽车、钢铁、石化上游和基础产业的大企业位居前列，如前 50 名中第二产业的 27 家工业大企业中，仅华为、海尔、联想三家为 IT 和家电轻工企业，其余均属前类产业；中国第三产业的主要大企业则以金融企业为主，其次是建筑、运输和贸易企业；中国大企业中国有企业收入、利润、就业比重高达 80% 以上，同时出现了一批有竞争力的非国有的大企业。

中国的大企业的行业结构和美国、日本有类似之处，即能源、金融、汽车、综合类公司一般都是主要的大企业，并且占据 500 强大企业的前列。不同之处是中国的技术含量较高的高科技企业、新型服务企业偏少。

上述情况可以使我们有以下判断。

（1）中国经济的持续发展是中国大企业成长最主要的促进因素，大产业需要大企业，大企业支持大产业。

（2）中国大企业中基础工业、基础服务产业的大企业比重较高，位居前列，反映了中国尚处于工业化中期阶段的特点，同时表明中国大企业的结构在未来 20~30 年还可能有较大的变化。

（3）经济体制改革是推动中国大企业发展的重要驱动力，首先是促使各类企业形成市场竞争发展的机制；其次通过 20 世纪 90 年代中期先后开始的产业体制改组和企业的改制和重组（见表 5-9），服务业的金融、建筑、电信、航空、零售，工业部门的电力、石油、煤炭、钢铁、汽车行业，较快地出现一批大企业；最后，多种所有制发展的方针、打破垄断、资本市场逐渐向民企开放，为部分私人创业或国企改制成混合所有制企业成长为大企业创造了条件。

表 5-9　若干重要行业的国有企业改组

银行业 20 世纪末至 2005 年分离坏账及改组改制上市	中国建设银行、中国工商银行等大型国有银行改组
电力体制 2002 年产业体制改革	产生国网、南网和华能等 5 大发电公司（以后又有重组）
电信业的持续新建、重组	1995 年后出现 6 大电信公司，到 2007 年重组成 3 大电信公司
中国石油业 1998 年的行业改革	形成中石油、中石化两家上下游全业务公司
煤炭业的调整	1995 年组成煤炭、发电、铁运一体化的神华，1998 年以后主要中央煤炭企业下放，2008 年以后河南、山西煤炭企业重组
汽车	中国兵器、中国航空的汽车企业 2009 年的合并重组
钢铁业	2008 年河北唐钢、邯钢合并成河北钢铁；民营钢铁企业沙钢的市场化收购重组

（4）中国大企业在第三产业较少，与中国第三产业的发展情况有关。中国第三产业目前的大企业，主要以国有大企业为基础组建。在传统体制时期，中国金融、运输、通信业就有大的国有企业或事业机构。在这些领域，中国没有采取开放，而是采取改制改组上市及调整结构的方式进行改革。因此通过多次调整，较快就形成了一批大企业，并且不少位居 500 强前列。但中国现代服务业，包括非银行金融业、物流、工业和技术服务、增值网络服务的企业还没有足够强大，中国第三产业仍以传统服务企业为主。

（5）中国大企业经营多元化程度相对较高，这与多种情况有关。首先是改革 30 年以来，特别是近 20 年以来，在规模较大的基础上许多产业持续以较高速度增长；其次，中国高速发展产业及领先企业，少有独门本领能长期领先，因此机会能拉动多家企业进入，企业多元化程度较高；与企业历史有关，许多国有企业长期人多事少，为解决冗员问题，许多企业发展了一些相关或不相关的产业；缺乏经验。但这种情况，近年来开始转变。政府要求国有企业专注主业，并推进重组调整，民营企业有不少教训，大企业多元化程度有所缓解。

（6）中国大企业中国有企业比重较高，与国有企业的产业优势有关。在前面中国产业的所有制结构特点的讨论中，我们已经指出国有企业比重较高的产业，在工业部门，主要在石油、煤炭、电力、汽车、钢铁、有色、化工、大型成套设备产业，在服务业主要在金融、远洋运输、航空、电信等产业，因此大企业中国有企业比例高就不足为奇了。

（7）中国亦产生了一批非国有的或混合所有制特征明显的大企业。这类企业主要在 IT、电子、装备等制造类企业，其来源多样：创业时就是非国有企业甚至私人企业；集体企业改制形成的企业；国有企业改制形成的企业。代表性的企业有华为、海尔、TCL 等。

▎中国环境对中国管理的影响 ▎

改革开放以来，随着我国经济体制由计划经济向市场经济转轨，我国企业管理也经历着由计划经济下的工厂制管理转变为市场经济下的现代企业管理的转型。这一转型过程，既是我国企业应对环境转变的适应过程，是企业管理现代化的过程，更是企业不断学习和创新的过程，这个过程，见证了一批批企业的成败得失；这个过程，孕育着中国企业的管理特色。

我们在研究某一个具体的企业案例时，企业发展和管理演变的历程往往成为基本考察对象，企业发展的大事记、历史文献和当事人追述等素材成为主要研究依据。而要研究中国企业独特的成长路径以及管理特征，需要总体上把握中国企业管理的演变历程。然而，如何在总体上把握中国企业管理演变的历程？怎样才能根据真实的历史资料而不是凭"感觉"或经验总结中国企业管理的演变？我们认为抓住不同历史时期具有代表性的中国企业的管理焦点是一种有意义的探索，本文根据 1990～2007 年中国企业联合会评选出的 13 届 972 项"国家级企业管理创新成果"中记载的 30 年以来的企业案例库，以内容分析的方法（content analysis）归纳总结改革开放以来中国企业管理焦点的演化，进而提炼出中国企业管理演变的历程。在此基础上，本文进一步采用文献内容分析的方法归纳总结影响这种演变历程的环境影响因素，并对此进行讨论 [○]。

研究方法

1. 方法选择及抽样

（1）**研究方法的选择**。为了能够准确把握改革开放以来中国企业管理焦点的演化及其影响因素，本文借鉴情报学中的内容分析法来探索。内容分析法是一种对文献内容进行客观、系统的定量分析的专门方法，其目的是弄清或测验文献中本质性的事实和趋势，揭示文献所含有的隐性情报内容，对事物发展做情报预测。它实际上是一种半定量研究方法，其基本做法是把媒介上的文字、非量化的有交流价值的信息转化为定量的数据，建立有意义的类目分解交流内容，并以此来分析信息的某些特征（巴比，2005）。

采取内容分析的方法能够满足本研究的两个目的：第一，揭示中国企业管理焦点的演化。怎样才能反映改革开放以来在不同时期中国企业管理焦点的变化？比较易行的方法是在当前某一个时点通过大范围问卷调查，让被调查人回忆过去的历程。这种通过问卷调查"追溯过去"的方法具有明显的局限性：一是回忆可能有偏差，二是由于种种原因主观上不愿再现当时的观点，比如一些后来被证明是失败的尝试可能就不愿

○ 本章内容入选"东方管理思想国际研讨会"暨"第 22 次中日企业管理讨论会"宣讲论文并在《管理世界》增刊发表。

再提了，三是由于被调查人当前的立场或观点与过去相比已发生变化，因此对同一管理行为将形成不同的看法或判断。而且，如果要确保调查信息接近历史，问卷调查对象的选择标准也很难确定，有些当事人已很难找到。基于此，本文认为问卷调查并不是较佳的方法，而内容分析法能够客观、系统地对历史的文献内容量化分析（Wimmer and Deminck，1992），因此如果所分析的历史文献资料具有典型性、持续性和连贯性，就能够把握历史事件发展的趋势和规律。而我们正是找到了这样的历史文献"企业案例库"。

第二，归纳影响中国企业管理焦点演化的环境影响因素。在管理学领域的跨文化研究中，内容分析法常被用于归纳不同文化情境下某种行为的特征或内涵（Farh，Earley & Lin，1997；忻榕，徐淑英，王辉，张志学和陈维正，2002），本文亦借鉴这种方法，利用内容分析法能对显性内容和隐性内容进行综合判断从而分析组成文献的因素与结构的优势（巴比，2005），来从企业行为的外在信息中分析这些行为的性质，再通过内容分析将它们归入一定数目的类别中去，然后进行统计处理。

（2）内容抽样。从上述内容分析方法的可行性分析中可以发现，选择一种具有可靠性、客观性、完整性、持续性、连贯性的历史文献资料成为内容分析的关键。而这一步也正是内容分析法中的内容抽样。

我们选择了1990～2007年中国企业联合会评选出的13届972项"国家级企业管理创新成果"的"案例库"。这个"案例库"客观记录了过去30年来企业管理的演变历程，即使一些当时认为合理、事后被证明有问题的尝试也都记录了下来，不会因为当前人们的好恶而改变。

"国家级企业管理创新成果"审定由全国企业管理现代化创新成果审定委员会主办，中国企业联合会管理现代化委员会承办。该项活动是1990年由当时的国务院企业管理指导委员会、生产委员会批准开展的，1990～2000年，每两年举办一届；2001年开始，每年举办一届。每届成果审定后，都要将获奖成果整理出书并在全国推广，因此形成了一个拥有丰富资料的"案例库"。我们认为这些案例能够作为样本有以下几个原因：①案例数量较大，可以满足统计分析的需要；②案例时间跨度较大，最早的案例形成于 1990 年，描述的事件最早在 1980 年；③案例来源一致，内容的可信度较高。关于可信度的问题，该项成果审定有一个由官方到半官方演变的过程，资料都有可靠来源并按相对固定程序经过审定。1992 年，当时的国务院经济贸易办公室批复，确定该项成果属"国家级"；2003 年和 2006 年，主管国有企业的国务院国资委和主管中小企业的国家发改委分别发出通知，要求各有关部门继续支持开展该项工作；近期成果审定是在中央企业自愿申报和各省级国资委、经贸委、中小企业局（厅、办）、企业联合会及全国性企业团体推荐的基础上进行的，覆盖各类企业及企业管理的各个领域。

管理焦点演化研究的内容抽样。我们选择全部 972 个样本进行内容分析，以期能最大限度地把握中国企业管理焦点的演化。在这种样本中，我们特别注意要案例文献的时间跨度，首先文献形成时间是 1990～2007 年，其次文献描述事件的时间 1981～2007 年。我们将分别按文献产生时间即获奖时间、案例描述时间来做管理焦点分析。

环境影响因素研究的内容抽样。我们挑选出获得特等和一等奖 216 个案例，并补充了从 2003 年第二期至 2007 年第四期的《管理世界》发表的案例 62 个，共 278 个案例进行环境因素的内容分析。这是因为，首先，在不同的历史时期，不同企业所面临的中国企业经济转型的外部环境基本相似，因此没有必要对全部样本总体来进行内容分析，只需要选择具有代表性的企业案例，而在"国家级企业管理创新成果"奖中获得特等奖和一等奖的企业案例一般具有典型性和代表性（这也是其获得特等奖或一等奖的原因）。其次，由于"国家级企业管理创新成果"奖由政府部门推荐评选产生，企业案例文献撰写环境影响因素时，可能会由于写作方法的趋同性而导致所蕴含的环境影响描述不够全面，因此我们补充学术界中一些企业的案例。《管理世界》目前已经是学术界被公认为最为重要的学术期刊之一，并且《管理世界》长期在其双月期刊登案例研究论文，因此我们选择了近五年《管理世界》发表的 62 个企业案例研究论文作为补充。

2. 分析维度、量化及信度

（1）**设计分析维度及体系**。设计分析维度是根据研究需要而设计的将资料内容进行分类的项目和标准。设计分析维度有两种基本方法，一是采用现成的分析维度系统，二是研究者根据研究目标自行设计（王石番，1989）。我们采取的是第二种方法，首先要熟悉、分析有关材料，并在此基础上制定初步的分析维度，然后对案例库的 10 个案例进行试用，了解其可行性、适用性与合理性，并且进行了一定的修订。具体而言，我们在管理焦点演化研究和环境影响因素研究中建立了两套分析维度。

管理焦点演化研究的分析维度。我们一共选取了 9 个管理焦点，分别是：①战略管理，②组织，③公司治理，④财务管理和资本运作，⑤技术创新与研发，⑥市场营销和品牌，⑦人力资源和企业文化，⑧生产和供应链管理，⑨信息化。我们认为这 9 个管理焦点基本涵盖了我国企业过去 30 年来的重点管理领域：一是企业普遍按照这些管理焦点进行内部职能分工；二是企业管理研究和教学也普遍按照这些管理焦点划分学科；三是从先期具体企业案例的研究看，通过对这 9 个管理焦点的描述，大体能够反映一个企业的管理全貌。

环境影响因素研究的分析维度。对于环境影响因素分析维度的确立，我们采取了德尔菲法（Dietz，1987）。德尔菲法作为一种主观、定性的方法，广泛应用于各种评价指标体系的建立和具体指标的确定过程。我们成立了四人小组，对改革开放以来我国经济转型时期对中国企业经营环境变化的各种要素进行分析和讨论，并分别列出了可能的环境因素，再在四人列出的环境要素基础上，共同讨论，结合文献研究的基础，得出 3 组 8 个环境因素，如图 5-1 所示。

相关具体编码如表 5-10 所示。

（2）**量化处理**。量化处理是把样本从形式上转化为数据化形式的过程，包括评判记录和进行信度分析两部分内容。内容分析的评判记录工作，就是按照预先制定的类目表格，按分析单元顺序，系统地判断并记录各类目出现的客观事实和频数，这个过程也称为编码（coding）（王石番，1989）。

表 5-10　环境影响因素的分析维度与编码

1	市场需求	11 数量规模	12 结构	13 其他		
2	产业条件	21 技术供给	22 发展阶段	23 结构	24 配套	25 其他
3	市场化改革（商品市场）	31 价格	32 准入	33 其他		
4	市场化改革（要素市场）	41 劳动力	42 资本	43 土地	44 其他	
5	所有制改革	51 国企改革	52 上市	53 非公经济	54 其他	
6	贸易自由化	61 商品进出	62 外汇	63 其他		
7	对外投资					
8	引进外资					

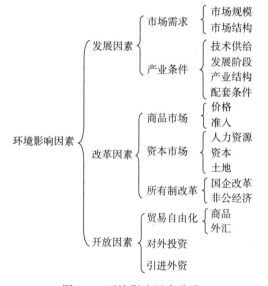

图 5-1　环境影响因素分类

管理焦点演化研究的量化处理。我们处理的步骤是：①对收集到案例的初始信息进行编码，包括项目编号、成果名称、获奖界别/时间、获奖等级和单位；②通过案例阅读获得相关信息，包括行业代码、所描述事件的开始时间和关键词（3~5 个）；③根据关键词将案例归入上述 9 个管理焦点；④根据获奖时间和事件开始时间分别统计各时段的管理焦点。

环境影响因素研究的量化处理。我们针对每一个样本在 Excel 文档中建立了一个工作表，通过案例阅读，对案例中在不同时期所受到的环境影响的描述进行分析，并将其所涉及环境影响因素纳入到分析体系的各个项目中，如果案例中涉及了多个影响因素，我们会将这些因素全部纳入对应的项目中。

（3）**信度分析**。内容分析法的信度指两个或两个以上的研究者按照相同的分析维度，对同一材料进行评判结果的一致性程度。一致性越高，内容分析的可信度也越高；一致性越低，则内容分析的可信度越低。我们分别请了北京大学、华东理工大学和华南理工大学的 3 名博士、硕士研究生来进行内容分析过程，对案例的管理焦点判断以及环境影响因素的判断的一致性都比较高。本研究的信度是可靠的。

分析结果与讨论

1. 改革开放以来中国企业管理焦点的演变

在上述 972 个样本中有 5 个无法判断管理焦点，剔出后得到 967 个样本数据，按获奖年份统计的结果如表 5-11 所示。从绝对值上看，"战略管理"的管理焦点最多，占全部成果的 1/4 以上；其次是"生产和供应链管理"、"组织"、"人力资源与企业文化"、"市场营销和品牌"；"信息化"、"财务管理和资本运作"、"技术创新与研发"较少；"公司治理"最少，只有 2 例。

从演化的角度看，在历年成果中，9 个管理焦点变化的趋势如图 5-2 所示，这表明不同时期中国企业管理的焦点有所不同。我们进一步将变化趋势较大的"战略管理"和"生产和供应链管理"单独拿出来考察，发现战略管理所占比例有明显增加趋势；生产和供应链管理占比呈下降趋势（见图 5-3）。

我们进一步根据案例中所描述事件的开始时间进行分析，共有 918 个样本可获得所描述事件的开始时间，时间分布从 1980～2005 年。我们将时间分为 20 世纪 80 年代上半期（1980～1985 年）、80 年代后半期（1986～1990 年）、90 年代上半期（1991～1995 年）、90 年代后半期（1996～2000 年）和 2000 年以后（2001～2005 年）等五个阶段，对这

共生共长：中国环境演变对企业管理的影响

表 5-11

按获奖年份统计的各管理焦点分布结果

界别	1	2	3	4	5	6	7	8	9	10	11	12	13	合计
年份	1990	1992	1994	1996	1998	2000	2001	2002	2003	2004	2005	2006	2007	
战略管理	3	4	5	4	11	7	14	20	30	32	39	42	45	256
组织		1	8	11	6	5	12	15	8	15	16	13	21	131
公司治理						1	1							2
财务管理和资本与运作		1	2	2	5	5	3	9	2	13	11	7	15	75
技术创新与研发						2	1	6		1	2	7	10	29
市场营销和品牌	1	4	3	7	8	3	7	10	8	13	23	11	10	108
人力资源与企业文化	3	2	5	2	6	8	10	5	6	13	15	15	29	119
生产和供应链管理	17	7	12	12	4	12	9	6	15	16	13	23	24	170
信息化	4	5	4	5	6	2	3	2	14	14	5	8	5	77
合计	28	24	39	43	46	45	60	73	83	117	124	126	159	967

各管理焦点所占比重

界别	1	2	3	4	5	6	7	8	9	10	11	12	13	合计
年份	1990	1992	1994	1996	1998	2000	2001	2002	2003	2004	2005	2006	2007	
战略管理	10.71%	16.67%	12.82%	9.30%	23.91%	15.56%	23.33%	27.40%	36.14%	27.35%	31.45%	33.33%	28.30%	26.47%
组织		4.17%	20.51%	25.58%	13.04%	11.11%	20.00%	20.55%	9.64%	12.82%	12.90%	10.32%	13.21%	13.55%
公司治理						2.22%	1.67%							0.21%
财务管理和资本与运作		4.17%	5.13%	4.65%	10.87%	11.11%	5.00%	12.33%	2.41%	11.11%	8.87%	5.56%	9.43%	7.76%
技术创新与研发						4.44%	1.67%	8.22%		0.85%	1.61%	5.56%	6.29%	3.00%
市场营销和品牌	3.57%	16.67%	7.69%	16.28%	17.39%	6.67%	11.67%	13.70%	9.64%	11.11%	18.55%	8.73%	6.29%	11.17%
人力资源与企业文化	10.71%	8.33%	12.82%	4.65%	13.04%	17.78%	16.67%	6.85%	7.23%	11.11%	12.10%	11.90%	18.24%	12.31%
生产和供应链管理	60.71%	29.17%	30.77%	27.91%	8.70%	26.67%	15.00%	8.22%	18.07%	13.68%	10.48%	18.25%	15.09%	17.58%
信息化	14.29%	20.83%	10.26%	11.63%	13.04%	4.44%	5.00%	2.74%	16.87%	11.97%	4.03%	6.35%	3.14%	7.96%
合计	100.00%	100.00%	100.00%	100.00%	100.00%	100.00%	100.00%	100.00%	100.00%	100.00%	100.00%	100.00%	100.00%	100.00%

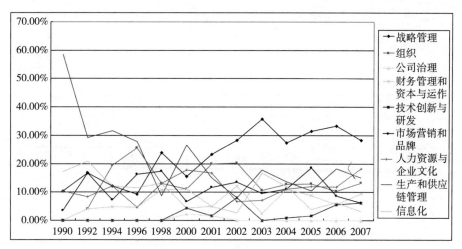

图 5-2　按获奖年份时间序列中 9 个管理焦点的变化

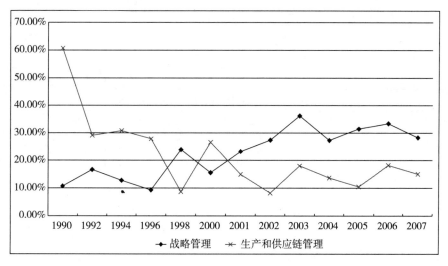

图 5-3　按获奖年份时间序列中"战略管理"和"生产和

供应链管理"两个管理焦点的变化

五个时间段中样本所描述的管理焦点进行了内容分析，统计结果如表 5-12 所示。很明显，20 世纪 80 年代上半期，"生产和供应链管理"是最重要的管理焦点，随后基本上呈下降趋势，但所占比重仍比除"战略管理"外的其他焦点要高。20 世纪 90 年代后半期开始，"战略管理"成为最重要的焦点。20 世纪 80 年代后期，"人力资源"和"企业文化"曾经很受重视；对"财务管理和资本运作"的重视始于 20 世纪 90 年代；

"技术创新与研发"始终没能占到较大比重；"信息化"一直保持相对稳定的比重。

表 5-12

按案例记载年份开始统计的各管理焦点分布结果					
	1980～1985 年	1986～1990 年	1991～1995 年	1996～2000 年	2001～2005 年	合计
战略管理	3	11	31	107	93	245
组织	1	6	32	49	42	130
公司治理			1	1		2
财务管理和资本与运作	1	1	15	27	28	72
技术创新与研发	1	1	4	14	9	29
市场营销和品牌	2	4	21	40	33	100
人力资源与企业文化	2	12	12	35	52	113
生产和供应链管理	10	13	34	49	53	159
信息化	4	4	13	24	23	68
合计	24	52	163	346	333	918
按案例记载年份开始统计的各管理焦点所占比重					
战略管理	12.50%	21.15%	19.02%	30.92%	27.93%	26.69%
组织	4.17%	11.54%	19.63%	14.16%	12.61%	14.16%
公司治理			0.61%	0.29%		0.22%
财务管理和资本与运作	4.17%	1.92%	9.20%	7.80%	8.41%	7.84%
技术创新与研发	4.17%	1.92%	2.45%	4.05%	2.70%	3.16%
市场营销和品牌	8.33%	7.69%	12.88%	11.56%	9.91%	10.89%
人力资源与企业文化	8.33%	23.08%	7.36%	10.12%	15.62%	12.31%
生产和供应链管理	41.67%	25.00%	20.86%	14.16%	15.92%	17.32%
信息化	16.67%	7.69%	7.98%	6.94%	6.91%	7.41%
合计	100.00%	100.00%	100.00%	100.00%	100.00%	100.00%

从内容分析的结果看，无论从获奖时间（被认同）还是从事件开始时间（管理实践）看，改革开放 30 年来，中国企业管理焦点确有比较明显的演变，即在不同时期，企业管理关注的领域有所不同。主要的管理焦点演化趋势和特征为：早期的管理焦点主要集中在生产过程管理，进入新千年后尽管供应链管理有所加强，但已不是最主要的焦点；中国企业对战略

管理日益受到关注，目前已成为最重要的管理焦点；中国企业对组织一直比较关注；尽管学术界对公司治理很热，但并没有成为主要焦点。

2. 环境影响因素

本研究的文献回顾表明，在企业与环境的关系中尽管不同的理论学派的理论视角不同，但对企业行为受到环境变化的影响这一观点却达成共识。在中国企业管理焦点的演化进程中，我们看了不同时期企业对管理不同方面的关注度的差异，或者说是对企业管理认识的差异进而导致的企业管理行为的差异。然而我们认为管理焦点的演变必然受企业经营环境改变的影响。改革开放30年正是中国经济转型最剧烈的时期，内部改革与对外经济开放并行，两者相互影响，使中国经济呈现出从封闭到开放、从计划到市场的两种突出特征，导致了中国整个市场环境的变化，对中国企业的影响无疑非常巨大和重要。

因此我们进一步通过内容分析法对 278 个样本案例进行了环境影响因素的归纳和内容分析，将案例中直接描述出来的显性影响因素和描述中隐含的隐形影响进行挖掘，分不同时间阶段，将分析的案例分别登录到 8 个环境影响因素的分析维度中，结果如表 5-13 和图 5-4 所示。

表 5-13 环境影响因素的内容分析结果 （单位：频数）

影响因素	1978~1989 年	1990~1999 年	2000~2007 年
市场需求	1	33	67
产业条件	0	30	42
商品市场化改革	3	47	52
要素市场化改革	20	270	361
所有制改革	1	35	56
贸易自由化	0	4	9
对外投资	0	0	1
引进外资	0	6	1

可以发现，市场化改革，尤其是要素市场的改革对中国企业管理焦点的变化的影响最为显著和重要。20 世纪 90 年代以后，市场需求、产业条件、商品化改革和企业所有制改革的影响也是相当显著的，它们的

影响从 20 世纪 90 年代和进入 2000 年两个阶段中均在不断加大，贸易自由化的影响从 20 世纪 90 年代到 2000 年后也略有增加。与此同时，引进外资对企业管理焦点的影响却在下降，而对外投资的影响一直都不大。

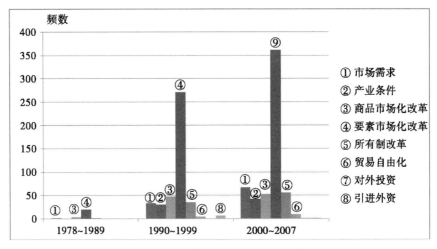

图 5-4　环境影响因素内容分析的结果

这进一步表明，环境影响因素的这一变化与中国经济转型的改革开放步伐基本一致。

为了进一步探讨环境影视因素对主要管理焦点演化的影响，我们对频数排名前 4 位的管理焦点（即战略管理、生产和供应链管理、组织、人力资源和企业文化）的环境影响因素进行了归纳。统计的结果如表 5-14 所示。环境影响因素对战略管理焦点的影响如图 5-5 所示，对生产和供应链管理的影响如图 5-6 所示，对人力资源和企业文化的影响如图 5-7 所示。

结果发现，对战略管理而言，要素市场化改革始终是影响战略的最主要因素，市场需求因素和产业要素不断上升。对生产和供应链管理而言，要素市场化改革始终也是影响生产管理的最主要因素，但影响逐步将低；20 世纪 90 年代开始，其他因素逐渐发挥作用。对组织而言，要素市场化改革也是最主要影响因素，商品市场化改革和所有制改革也有较大影响。对人力资源和企业文化而言，除了要素市场化改革外，20 世纪 90 年代后所有制改革也是重要的影响因素。可见，不同环境因素对

表 5-14 环境影响因素在主要管理焦点中的分布

管理焦点	影响因素	1978~1989年	1990~1999年	2000~2007年	合计	1978~1989年	1990~1999年	2000~2007年
战略管理	市场需求	1	23	42	66	5.26%	14.20%	20.90%
	产业条件		23	36	59		14.20%	17.91%
	商品市场化改革	3	22	30	55	15.79%	13.58%	14.93%
	要素市场化改革	14	88	75	177	73.68%	54.32%	37.31%
	所有制改革	1	1	9	11	5.26%	0.62%	4.48%
	贸易自由化		3	8	11		1.85%	3.98%
	对外投资			1	1			0.50%
	引进外资		2	1	2		1.23%	0.00%
	合计	19	162	201	382	100.00%	100.00%	100.00%
生产和供应链管理	市场需求		7	11	11		9.33%	13.10%
	产业条件			4	11			4.76%
	商品市场化改革		9	9	18		12.00%	10.71%
	要素市场化改革	6	58	58	122	100.00%	77.33%.	69.05%
	所有制改革			1	1			1.19%
	贸易自由化		1	1	2		1.33%	1.19%
	对外投资				0			
	引进外资				0			
	合计	6	75	84	165	100.00%	100.00%	100.00%

（续）

管理焦点	影响因素	1978~1989年	1990~1999年	2000~2007年	合计	1978~1989年	1990~1999年	2000~2007年
组织	市场需求		6	7	13		9.09%	7.45%
	产业条件			2	2			2.13%
	商品市场化改革		11	8	19		16.67%	8.51%
	要素市场化改革		40	63	103		60.61%	67.02%
	所有制改革		9	13	22		13.64%	13.83%
	贸易自由化							
	对外投资							
	引进外资			1	1			1.06%
	合计		66	94	160		100.00%	100.00%
人力资源和企业文化	市场需求		4	7	11		3.28%	3.33%
	产业条件							
	商品市场化改革		5	5	10		4.10%	2.38%
	要素市场化改革		84	165	249		68.85%	78.57%
	所有制改革		25	33	58		20.49%	15.71%
	贸易自由化				0			
	对外投资				0			
	引进外资		4		4		3.28%	
	合计		122	210	332		100.00%	100.00%

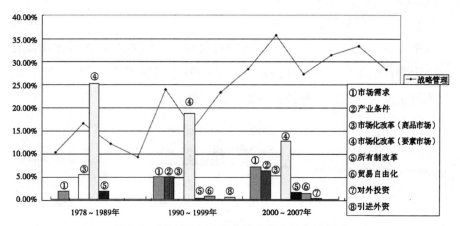

图 5-5　环境影响因素对战略管理焦点的影响

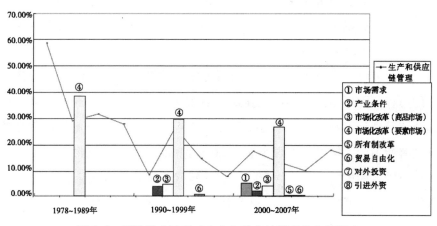

图 5-6　环境影响因素对生产和供应链管理焦点的影响

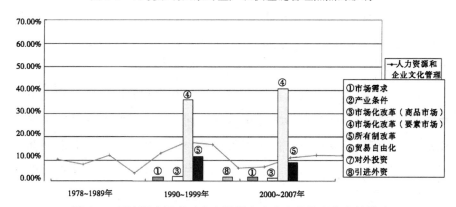

图 5-7　环境影响因素对人力资源和企业文化管理焦点的影响

企业管理焦点的影响领域可能有所不同：市场化改革，尤其是要素市场的改革对企业战略管理、生产和供应链管理、组织和人力资源管理都有很大影响；市场需求和产业条件对企业战略管理发挥重要影响；所有制改革对企业组织和人力资源管理影响比较明显。

主 要 结 论

本文采用内容分析的方法，根据从 1990 ~ 2007 年中国企业联合会评选出的 13 届 972 项"国家级企业管理创新成果"中记载的企业案例库，在提炼出 9 个中国企业管理焦点和 3 组 8 个环境影响因素的基础上，总结出改革开放以来中国企业管理焦点的演化，以及归纳总结出影响这种演变历程的环境影响因素。

研究表明中国企业管理焦点的历史发展规律揭示出中国企业管理演变的历程，主要结论和具体演化历程表现为：第一，改革开放以来，中国企业管理焦点确有比较明显的演变，即在不同时期，企业管理关注的领域有所不同。第二，中国企业在 20 世纪 80 年代上半期最为关注生产和供应链方面的管理；进入 20 世纪 80 年代下半期"人力资源"和"企业文化"很受重视；20 世纪 90 年代起"营销和品牌管理"、"财务管理和资本运作"开始得到重视成为管理焦点；20 世纪 90 年代后半期开始，"战略管理"成为中国企业最重要的焦点。然而"技术创新与研发"始终没有成为管理的焦点，"信息化"建设一直受到企业的重视却一直未放在比较重要的位置。

对环境影响因素的研究结果亦揭示了在改革开放的不同时期，不同环境要素对中国企业管理行为作用力的不同，对中国企业管理的不同焦点影响的不同。主要结论具体表现为：第一，环境因素对企业发展和管理及其演变有重要影响。环境影响因素作用的变化与中国经济转型的改革开放步伐是基本一致的。第二，市场化改革，尤其是要素市场的改革对企业战略管理、生产管理和人力资源管理都有很大影响；市场需求和产业条件对企业战略管理也发挥重要影响；所有制改革对企业人力资源管理影响比较明显。

本研究根据比较客观权威的历史文献运用内容分析的方法克服了过去"凭感觉"总结中国企业管理研究及环境影响的局限性，所获得的上述结论对未来进一步总结和解释中国企业独特的成长路径以及管理特征有着重要的意义，将为探讨总结中国企业管理特质提供基本的铺垫和情景基础。

附表 5-1　1987 年、1994 年中国工业 50 强名单

1987 年工业 50 强		1994 年工业 50 强	
企业名称	销售收入（亿元）	企业名称	销售收入（亿元）
大庆石油管理局	63.4	上海汽车工业公司	3 070
鞍山钢铁公司	61.6	大庆石油管理局	2 695
武汉钢铁公司	49.5	鞍山钢铁公司	2 169
上海石油化工总厂	41.6	第一汽车集团	2 161
北京燕山石化公司	41.0	宝钢集团	2 015
首都钢铁公司	36.8	东风汽车公司	2 004
胜利油田会战指挥部	32.2	首钢总公司	1 752
第二汽车制造厂	28.7	胜利石油管理局	1 463
东北电业管理局	26.6	武汉钢铁集团	1 401
吉林化学工业公司	25.3	燕山石化	1 141
上海宝山钢铁总厂	24.4	辽河石油勘探局	1 016
茂名石油工业公司	23.2	新疆石油管理局	970
第一汽车制造厂	22.0	齐鲁石化公司	955
山东省电力工业局	21.9	抚顺石化公司	947
江苏省电力工业局	21.6	上海石化股份公司	853
上海高桥石油化工公司	20.3	攀枝花钢铁公司	836
齐鲁石化公司	19.9	大庆石化总厂	835
金陵石油化工公司南京炼油厂	19.7	吉林化工	827
大庆石油化工总厂	19.2	茂名石化	778
本溪钢铁公司	17.9	天津汽车工业总公司	754
大连石油七厂	16.9	包头钢铁稀土公司	709
包头钢铁公司	16.9	金陵石化	693
太原钢铁公司	16.8	中国重汽集团	669
上海市电力工业局	16.7	上海高桥石化	667
上海市电力工业局局机关	16.2	玉溪卷烟厂	654
西南电业管理局	16.1	上海第一钢铁厂	654
山西省电力工业局	15.7	马鞍山钢铁公司	652
湖北省电力工业局	15.6	上海第三钢铁厂	646
广东省电力工业局	15.4	本溪钢铁公司	639
辽河石油勘探局	15.1	太原钢铁公司	603

（续）

1987 年工业 50 强		1994 年工业 50 强	
企业名称	销售收入（亿元）	企业名称	销售收入（亿元）
河南省电力工业局	14.9	巴陵石化公司	581
抚顺石油二厂	14.8	唐山钢铁集团	574
上海第三钢铁厂	14.7	重庆钢铁工业集团	569
马鞍山钢铁公司	14.2	仪征化纤集团	550
兰州炼油厂	14.1	扬子石化公司	527
河北省电力工业局	14.0	广州石化总厂	525
黑龙江省电力工业局	13.7	大连石化公司	518
攀枝花钢铁公司	13.7	昆明卷烟厂	507
辽阳石油化纤公司	13.5	中国一拖工程机械集团	499
上海第一钢铁厂	13.1	北京化工集团	499
镇海石油化工总厂	12.4	天津石化公司	473
锦西炼油厂	12.3	四川久大盐业公司	450
上海第五钢铁厂	12.3	兰州炼化总厂	437
仪征化纤工业联合公司	12.3	上海第五钢铁厂	437
长岭炼油厂	12.2	上海广电股份	437
浙江省电力工业局	12.1	安阳钢铁公司	430
华北电业管理局	11.9	邯郸钢铁总厂	426
玉溪卷烟厂	11.8	天津钢厂	423
上海卷烟厂	11.8	华北石油管理局	421
四川石油管理局	11.7	锦西炼化总厂	419

资料来源：国家统计局工业交通统计司编，中国工业经济统计年鉴，北京：中国统计出版社。

附表 5-2　中国企业 500 强名单（前 50 家）

2002 年		2009 年		
名次	企业	名次	企业	行业
1	国家电力公司	1	中国石油化工	上下游多元化
2	中国石油化工	2	中国石油天然气	上下游多元化
3	中国石油天然气	3	国家电网公司	电网，新能源
4	中国工商银行	4	中国工商银行	银行
5	中国银行	5	中国移动通信	移动通信

（续）

2002 年		2009 年		
名次	企业	名次	企业	行业
6	中国移动通信	6	中国建行	银行
7	中国化工进出口总公司	7	中国人寿保险	人寿保险
8	中国电信集团	8	中国银行	银行
9	中国粮油食品进出口	9	中国农行	银行
10	中国建行	10	中国中化	多元化
11	中国农行	11	中国南方电网	电网，新能源
12	中国人寿保险	12	宝钢集团	钢铁及多元化
13	上海宝钢集团	13	中国中铁	工程、房地产
14	广东省广电集团	14	中国铁建	工程
15	中国普天信息产业集团	15	中国电信	无线、有线
16	海尔集团	16	中国建筑工程	建筑、房地产
17	中国远洋运输	17	中国海洋石油	石油、石化
18	中国第一汽车	18	中国远洋运输	运输、物流、多元化
19	中国人民保险	19	中粮集团	多元化
20	中国建筑工程	20	中国联合网络通信	全业务通信
21	国家邮政局	21	中国五矿	贸易、工业
22	东风汽车	22	中国交通建设集团	工程、建筑
23	中国平安保险	23	上海汽车工业	汽车
24	上海汽车工业	24	中国中钢	贸易、工业
25	北京铁路局	25	河北钢铁	钢铁、相关多元化
26	国家开发银行	26	百联集团	商业
27	中国铁路工程	27	中国冶金科工	工业、多元化
28	上海广电	28	中国第一汽车	汽车、多元化
29	中国联合通信	29	中国中信集团	金融、多元化
30	首钢总公司	30	东风汽车	汽车、相关多元化
31	中国铁道建筑	31	中国华能集团	发电、相关多元化
32	中国五金矿产进出口	32	中国航空工业	航空、汽车、多元化
33	上海电气	33	中国兵器装备	兵器、汽车、多元化
34	中国兵器工业	34	中国兵器工业	兵器、汽车、多元化
35	玉溪红塔烟草	35	江苏沙钢集团	钢铁、相关多元化
36	中国华能	36	神华集团	煤炭、发电、相关多元化

2002 年		2009 年		
名次	企业	名次	企业	行业
37	联想控股	37	中国邮政	邮政
38	中国国际信托投资	38	中国平安保险	综合保险
39	交通银行	39	首钢总公司	钢铁、房地产等
40	中国海洋石油	40	中国人民保险	人寿保险
41	中国兵器装备	41	交通银行	银行
42	上海铁路局	42	中国铝业公司	铝、铜、多元化
43	中国航空工业第一集团	43	武汉钢铁	钢铁、多元化
44	山东鲁能控股	44	华为技术	通信设备和终端
45	中国航空工业第二集团	45	中国化工集团	化工、多元化
46	熊猫电子	46	华润	贸易、多元化
47	TCL	47	山东钢铁集团	钢铁、相关多元化
48	中国航空油料	48	海尔集团	家电为主、IT、相关
49	中环电子信息	49	广州汽车工业集团	汽车
50	上海纺织控股	50	联想控股	计算机、通信终端、其他

资料来源：基本依据由中国企业联合会、中国企业家协会；企业经营范围及多元化情况主要根据集团网页等公布的信息判断。

附表 5-3　中国大企业集团（按收入排序前 50 家）

1998 年			2008 年		
序号	企业	收入（亿元）	序号	企业	收入（亿元）
1	中国石油化工集团公司	2 818	1	中国石油化工集团公司	14 624
2	中国石油天然气集团	2 710	2	中国石油天然气集团公司	12 730
3	中国华东电力集团	601	3	国家电网公司	11 407
4	上海汽车工业（集团）总公司	459	4	中国移动通信集团公司	4 519
5	中国华北电力集团	455	5	中国中化集团公司	3 090
6	上海宝钢集团	449	6	中国南方电网有限责任公司	2 855
7	中建集团	428	7	宝钢集团有限公司	2 468
8	中国新建集团	377	8	中国铁路工程总公司	2 288
9	广东省电力企业集团	373	9	中国铁道建筑总公司	2 265

（续）

1998 年			2008 年		
序号	企业	收入（亿元）	序号	企业	收入（亿元）
10	中国电子信息产业集团公司	359	10	中国电信集团公司	2 211
11	中国华中电力集团	354	11	东风汽车公司	2 091
12	中国第一汽车集团公司	351	12	中国建筑工程总公司	2 072
13	中国东北电力集团	314	13	中国海洋石油总公司	1 948
14	首钢集团	293	14	中国远洋运输（集团）总公司	1 903
15	上海电气集团	271	15	中国联合网络通信集团有限公司	1 880
16	山东电力集团	268	16	中国五矿集团	1 853
17	玉溪红塔烟草集团有限责任公司	258	17	中国交通建设集团有限公司	1 806
18	中国远洋运输集团	225	18	上海汽车工业（集团）总公司	1 729
19	中国华能集团	221	19	中国中钢集团公司	1 684
20	东风汽车集团	213	20	河北钢铁集团	1 670
21	武汉钢铁集团	210	21	中冶集团	1 652
22	海尔集团	191	22	中国第一汽车集团公司	1 645
23	联想集团控股公司	177	23	中国中信集团公司	1 545
24	上海烟草（集团）公司	176	24	中国华能集团公司	1 514
25	中国五矿集团	174	25	江苏沙钢集团有限公司	1 452
26	中国西北电力集团	166	26	神华集团有限责任公司	1 440
27	鞍山钢铁集团	165	27	中国邮政集团公司	1 439
28	黑龙江北大荒农垦集团	151	28	中国华润总公司	1 308
29	中国化工石油进出口企业集团	150	29	中国平安保险（集团）股份有限公司	1 292
30	上海建工集团总公司	146	30	中国铝业公司	1 291
31	中国南方航空集团	134	31	武汉钢铁（集团）公司	1 237
32	攀钢集团	130	32	中国化工集团公司	1 220
33	浙江省商业集团	129	33	海尔集团	1 220
34	上海华谊（集团）公司	128	34	山东钢铁集团有限公司	1 205
35	燕化集团	126	35	广州汽车工业集团有限公司	1 155
36	中国国际航空集团	124	36	联想控股有限公司	1 152

1998 年			2008 年		
序号	企业	收入（亿元）	序号	企业	收入（亿元）
37	四川长虹电子集团公司	123	37	首钢集团	1 071
38	上海医药（集团）总公司	122	38	中国航空油料集团	1 063
39	上海市农工商集团	118	39	苏宁电器集团	1 023
40	深圳市建设投资控股公司	117	40	中国大唐集团公司	1 017
41	中港集团	117	41	中粮集团有限公司	1 012
42	东方国际集团	117	42	太原钢铁（集团）有限公司	1 009
43	天津汽车工业集团	106	43	中国铁路物资总公司	1 002
44	康佳集团股份有限公司	105	44	中国机械工业集团公司	974
45	包头钢铁（集团）有限责任公司	102	45	中国储备粮管理总公司	962
46	中国粮油食品进出口集团	100	46	鞍山钢铁集团公司	960
47	华星物产集团	98	47	浙江物产集团	960
48	广州铁路（集团）公司	96	48	中国国电集团公司	945
49	上海贝尔有限公司	96	49	中国太平洋保险（集团）股份有限公司	940
50	中国东方航空集团	95	50	山西煤炭运销集团有限公司	902

资料来源：国家统计局，参见国务院发展研究中心企业研究所、中国企业评价协会等编《中国大企业集团年度发展报告》。

参 考 文 献

[1] Andrews K R. The Concept of Corporate Strategy[M]. Homewood, Il. : Dow Jones-Irwin, 1971.

[2] Ansoff H I. Corporate Strategy: An Analytic Approach to Business Policy for Growth and Expansion[M]. McGraw-Hill Companies, 1965.

[3] Barnett W P, Hansen M T. The red queen in organizational evolution [J]. Strategic Management Journal, 1996(17): 139 – 158.

[4] Baum J A C, Singh J V. Organizational Niches and the Dynamics of Organizational Founding[J]. Organization Science, 1994(4): 11 – 26.

[5] Chandler A. Strategy and Structure [C]. Cambridge, MA: M. I. T. Press, 1962.

[6] Dietz T. Methods for analyzing data from Delphi Panels: some evidence from a forecasting study [J] . Technological Forecasting and Social Change, 1987(85): 31 – 79.

[7] Farh J L, Earley, P C, Lin S C. Impetus for action: A cultural analysis of justice and organizational citizenship behavior in Chinese society[J]. Administrative Science Quarterly, 1997, 42(3): 421.

[8] Hedberg B, How Organizations Learn and Unlearn. In: Paul C Nystrom, William H Starbuck ed. Handbook of Organizational Design. New York : Oxford University Press, 1981(1): 42 – 65.

[9] Kondra A Z, Hinings C R. Organizational diversity and change in institutional theory[J]. Organization Studies, 1998, 19(5): 743 – 767.

[10] Lawrence P, Lorsch J W Differentiation and Integration in Complex Or-

ganizations[J]. Administrative Science Quarterly, 1967(12): 1 – 47.

[11] Lewin A Y, Volberda H W Prolegomena on Coevolution: A Framework for Research on Strategy and New Organizational Forms[J]. Organization Science, 1999, 10(5): 519 – 534.

[12] Meyer J W, Rowen B. Institutionalized organization: formal structure as myth and ceremony[J]. American Journal of Sociology, 1977, 83(2): 340 – 363.

[13] Oliver C. Strategic Responses to Institutional Processes[J]. Academy of Management Review, 1991(16): 145 – 179.

[14] Wimmer R D, Dominick J R. Mass media research: An introduction [M]. 8rd ed. FLORENCE, KY: Cengage Learning.

[15] 艾尔·巴比. 社会研究方法[M]. 10 版. 邱泽奇, 译. 北京: 华夏出版社, 2005.

[16] 巴纳德. 经理人员的职能[M]. 孙耀君, 译. 北京: 中国社会科学出版社, 1998.

[17] 丹尼尔 A 雷恩. 管理思想的演变[M]. 李柱流, 等译. 北京: 中国社会科学出版社, 1986.

[18] 卡斯特, 罗森茨韦克. 组织与管理——系统方法与权变方法[M]. 傅严, 等译. 北京: 中国社会科学出版社, 1985.

[19] 忻榕, 徐淑英, 王辉, 等. 国有企业的企业文化: 对其维度和影响的归纳性分析[M]. 北京: 北京大学出版社, 2004.

[20] 徐淑英, 刘忠民. 中国企业管理的前沿研究[C]. 北京: 北京大学出版社, 2004.

[21] 王石番. 传播内容分析法: 理论与实证[M]. 4 版. 中国台北: 台湾幼师文化事业公司, 1989.

[22] 王询. 论企业与市场之间的不同形态[J]. 经济研究, 1998, 7.

[23] 任兴洲. 建立市场体系——30 年市场化改革进程[M]. 北京: 中国发展出版社, 2008.

[24] 陈清泰. 重塑企业制度: 30 年企业制度变迁[M]. 北京: 中国发展

出版社，2008.

[25]王梦奎．中国改革 30 年(1978 - 2008)[M]．北京：中国发展出版
社，2009.

[26]李心丹，路林，傅浩．中国经济的对外开放度研究[J]．财贸经济.
1999(8)14 - 19.

[27]王国刚．资本账户开放与中国金融改革[M]．北京：社会科学文献
出版社，2003.

[28]迈克尔·波特．国家竞争优势[M]．李明轩，邱如美，译．北京：
华夏出版社，2002.

[29]国务院发展研究中心企业研究所课题组．中国企业国际化战略
[M]．北京：人民出版社，2006.

[30]杨建梅，冯广森．东莞台资 IT 企业集群产业结构剖析[J]．中国工
业经济，2002(8)：45 - 50.

[31]中国产业地图编委会．中国产业地图[M]．北京：社会科学文献出
版社，2005.

[32]青木昌彦．政府在东亚经济发展中的作用——比较制度分析[M].
北京：中国经济出版社，1998.

[33]陈道富．国有金融企业改革[M]．北京：中国发展出版社，2008.

[34]吴敬琏．中国企业改革：历程、特点及未来的挑战[M]．北京：中
国发展出版社，2008.

[35]肖庆文．国有企业财务：资产资本化和结构重组[M]．北京：中国
发展出版社，2008.

[36]陈小洪．国有经济布局的变化及影响因素[M]．北京：中国发展出
版社，2008.

[37]李兆熙，张永伟．建立与市场经济相适应的企业制度[M]．北京：
中国发展出版社，2008.

[38]张政军，王环宇．中国企业改革推动模式[M]．北京：中国发展出
版社，2008.

[39]陈小洪，金忠义．企业市场关系分析：产业组织理论及其应用

［M］.北京：科学技术文献出版社，1990.

［40］王慧炯.产业组织及有效竞争：中国产业组织的初步研究［M］.北京：中国经济出版社，1999.

［41］陈小洪，仝月婷，王卫，等.对中国工业集中度的初步考察和分析，转自王慧炯主编（1991）.

［42］陈小洪，李兆熙，金占明，等.联想发展之路：渐进创新［J］.管理世界，2000.

［43］吴定玉，张治觉.外商直接投资与中国行业市场集中度：实证研究［J］.世界经济研究，2004.

［44］明茨伯格.战略历程［M］.刘瑞红，译.北京：机械工业出版社，2002.

华章经管

现代企业人力资源管理实务丛书　丛书主编: 郑晓明

人力资源管理实务长销作品的常青树

前2版畅销10年
累计重印28次

第1版畅销5年

前2版畅销10年
累计重印14次

人力资源管理导论（第3版）
ISBN: 978-7-111-33263
作者: 郑晓明
定价: 49.00元
出版时间: 2011-3

人才测评实务（第2版）
ISBN: 978-7-111-32713
作者: 张志红 王倩倩 朱冽烈
定价: 38.00元
出版时间: 2011-3

人员培训实务（第3版）
ISBN: 978-7-111-32264
作者: 郭京生 潘立
定价: 36.00元
出版时间: 2011-3

即将出版

读者评论

●领导推荐的一套书，很有用的工具书。让不了解人力资源管理的人能很快理解一些实用的内容。看一遍后还会再看一遍，加深理解。

●这个系列的一套书全部都买了。很实用，配合资格考试的教材一起学习，即生动又具有可操作性。这是我目前买到的最理想一套书了。每天都会看，不学习时对工作的帮助也特别的大。

●对于人力资源管理工作的从事者，这是非常必要的工具书。

华章书院俱乐部反馈卡

写书评 赢大奖

身为读者，你是不是常感到不写不快？
无论是感同身受、热烈倾吐，还是淋漓痛批、指点文章，
我们真诚地邀请您，将您的阅读心得与我们共享。
您的心得，将有机会出现在我们的图书、主流媒体、各大网站上。
同时，您还有机会挑选一本自己喜爱的华章经管好书！

书评发至：hzjg@hzbook.com

欢迎登陆**www.hzbook.com**了解更多信息，
本网站会每月公布获奖信息。

华章经管博客已开通，欢迎留下宝贵意见与建议 http://blog.sina.com.cn/hzbook

◎反馈方式◎

网络登记：
登陆 *www.hzbook.com*，在网站上进行反馈卡登记。

传　真：
将此表填好后，传真到 010-68311602

邮　寄：
将填好的表邮寄到：100037 北京市西城区百万庄南街1号309室　　闫　南　董丽华　收

 个人资料（请用正楷完整填写，并附上名片）

姓　名:_____　性别:□男 □女　年龄:___　联系电话:_____　手机:_____

E-mail:_____　邮政编码:_____　传真:_____

通讯地址:_____　就职单位及部门:_____

职　务: □董事长/董事　□总裁/总经理　□副总裁/副总经理　□高级秘书/高级助理
　　　　□职员 □政府官员 □专业人员/工程人员 □其他（请注明）_____

学　历: □高中　□大专　□本科　□研究生　□研究生以上

所购书籍书名:_____

现在就填写读者反馈卡，成为华章书院会员，
将有机会参加读者俱乐部活动！

所有以邮寄，传真等方式登记，并意愿加入者均可成为普通会员，并可以享受以下服务。

- ◆ 每月3次的免费电子邮件通知当月出版新书

- ◆ 共同享有读华章论坛会员交流平台

- ◆ 享受华章书院定期组织的各种活动
  （包括会员联谊活动专家讲座行业精英论坛等）

- ◆ 优先得到读华章书目

- ◆ 俱乐部将从每月新增会员中抽取10名，
  免费赠送当月最新出版书籍1本

- ◆ VIP会员享受全年12本最新出版精品书籍阅读

1. 您通过什么途径了解到本书？

   □朋友介绍　□会议培训　□书店广告　□报刊杂志　□其他＿＿＿＿＿

2. 您对本书整体评价为？

   □非常满意　□满意　□一般　□其他，原因＿＿＿＿＿

3. 您的阅读方向？（类别）

   ＿＿＿＿＿＿＿＿＿＿＿＿＿＿＿＿＿＿＿＿

4. 您对以下哪些活动形式最感兴趣？

   □大型联谊会 □专业研讨会 □专家讲座 □沙龙 □其他＿＿＿＿＿

5. 您希望华章书院俱乐部为会员提供怎样的增值服务？

   ＿＿＿＿＿＿＿＿＿＿＿＿＿＿＿＿＿＿＿＿

6. 您是否愿意支付500元升级为VIP会员，享受全年12本最新出版精品书籍阅读？

   □愿意　　　□不愿意，原因＿＿＿＿＿

读华章俱乐部反馈卡